往后余生，自在从容

康娜 著

北方文艺出版社

图书在版编目（CIP）数据

往后余生，自在从容 / 康娜著 . -- 哈尔滨 : 北方文艺出版社 , 2019.8

ISBN 978-7-5317-4548-8

Ⅰ . ①往… Ⅱ . ①康… Ⅲ . ①散文集 – 中国 – 当代
Ⅳ . ①I267

中国版本图书馆 CIP 数据核字（2019）第 100609 号

往后余生，自在从容
WANGHOU YUSHENG ZIZAI CONGRONG

作 者 / 康　娜

责任编辑 / 宋玉成　赵　芳　　装帧设计 / 主语设计

出版发行 / 北方文艺出版社　　网 址 / www.bfwy.com
邮 编 / 150080　　经 销 / 新华书店
地 址 / 哈尔滨市南岗区林兴街3号
发行电话 /（0451）85951921　85951915

印 刷 / 嘉业印刷（天津）有限公司　　开 本 / 880×1230　1/32
字 数 / 176 千　　印 张 / 8
版 次 / 2019 年 8 月第 1 版　　印 次 / 2019 年 8 月第 1 次印刷

书 号 / ISBN 978-7-5317-4548-8　　定 价 / 45.00 元

在陕西的年轻作家群里，康娜的文字简洁干净、空灵绝尚，拥有清晰的辨识度，在国内拥有一定的知名度和粉丝群。

平凹
2017.9

自 序

人生贵适意，何须替花愁

孤花拙器，简单素净，窗外的阳光，墙角的阴影，恰到好处地构成美。

不能再多，再添一件都是多余，都是累赘。那一抱小雏菊安静地待在花盆里，黄色的小花仰着小脸望着你，如淡妆的小女子，很讨喜。

此时，寂寂陋室，满室盈香。

安静，是内心的修持，可惜，世间太多事都是打扰，撇不清。欲独享一份清净，只有向内寻取，这样也好，湖光山色如何，一低眉一颦笑，一投手一顿足，跟随内心驱遣。如此，最自在，亦最简单。

外出散步，亦非水秀山清之处不可，景色怡人固然让人欢喜，若屋舍倾颓、白墙斑驳、野草横生，也自有一番意趣。万物盛极必衰，昔日繁华，今日破败，都是美。此谓：虽不自由而不生不自由之念，虽不足而不生不足之念，虽不畅而不怀不畅之念。

听闻，花有色则无香，有香则无色。如含笑，异香熏人，却了无姿色，由此观，万事岂可求全？人人二字似是而非。你自以为好的，别人却不以为好；你所爱的，或正是他人所恶的；有人寄情于山水，有人移情于花草，皆是自然。若让一个不爱花的人去赏花，也是不可取的，如鲁迅所写的“吐两口血，扶着丫鬟，到阶前看秋海棠”，这不仅是强人所难，简直就是折磨人家了。

梁实秋曾说：“人吃到老，活到老，经过多少狂风暴雨惊涛骇浪，还能双肩承一喙，俯仰天地间，应该算是幸事。”这个我是赞成的。一个人能够“俯仰天地”，一定是活得旷达、活得通透了。岁有枯荣，人有生老，只能照单全收，人生最曼妙的风景，是内心的淡定和从容，待将世事一一经过，千帆过尽，再热烈之物都成平常事。

读《世说新语·识鉴》中一段文字。说晋时文学家张季鹰在齐王处做官时，某一日，见秋风乍起，想念家里秋日美味——菰菜羹和鲈鱼脍，慨然叹曰：“人生贵得适意尔，何能羁宦数千里以要名爵。”说完，便辞官归乡。有人问他：“你总想着潇洒一时，就不管别人怎么看你吗？”他说：“就算我名垂青史，也抵不上现在喝上一杯酒。”这位也算是性情中人，名禄富贵、青史留名，怎能抵得过他心中的那一份快意？率性如斯，简直任性。

可不是吗？万事不如杯在手，一年几见月当空。光阴百岁，急急如奔，不如把万事推开了去。虽居陋室，然杯中有酒，锅里有肉，人生至此，福分亦是不薄。若至秋夜，明月高悬，虫鸣四起，桂香满庭，西风二两，自斟自酌，寂寞也别有一番滋味。几杯入肠，菊花、虫鸣、秋风、落叶、月色，无物不可下酒，人与“海棠”俱醉，岂不快哉？

野花艳目，不必牡丹，心自在，四季都是良辰。回头看，昨日种种，皆过眼云烟，往前看，混沌无涯，不可捉摸，渺渺人生，山重水复，何必为名累？何须替花愁？

目 录

第一辑　开门是繁华，关门是繁花

别人以浊为喜，我独以清为欢，笑看风轻云淡，闲听花静鸟喧，开门是繁华，关门是繁花。

常想一二 / 002

恰到好处，即是妙处 / 004

无用之用 / 008

从流飘荡，任意东西 / 011

绝无花叶相 / 014

开门是繁华，关门是繁花 / 018

花开富贵 / 021

花乱开 / 025

浮生 / 028

花下相见 / 032

有趣，才是最好的活法 / 036

第二辑　过日子也是参禅

过日子像在读一本书，一会儿花儿开了，一会儿叶子落了，一会儿下雨了，一会儿天晴了，到手的每一页都慢慢瞧、细细翻。水喝得太急，容易呛着。

喜悦如禅　/　040

唯有相思不曾闲　/　043

尘世中最简单的幸福　/　047

闲话家常　/　051

逛早市　/　055

有时看你，有时看花　/　059

朝颜　/　061

过日子也是参禅　/　063

细节是生活的天籁　/　066

日子要过成灰色　/　069

白纯束，美如玉　/　073

守住一个人的精神风骨　/　077

愿你衣襟带花，心有芳香　/　080

第三辑　人间草木心

门内养木，是谓闲，人在草木，心有余闲，才是人间自由人。

杨村琐记　/　086
人间草木心　/　089
采蘩祁祁　/　094
四月农家帖　/　097
务农　/　101
秋来桂花香　/　105
听风在野　/　108
赏秋　/　111
秋日的乡野　/　115
山坡上的野菊花　/　118
素心白菜，内里生花　/　121

第四辑 活成一杯茶

将柴米油盐的日子细细盘玩、包浆，活出更高的品相，如细雨打落花、白云挂青山，最素常的日子也过出了美感和情趣，心里开着一千朵花，跑着一万匹马，活得深切丰富，也活得滋味满满。

深情的人，都活得认真 / 126

忙点俗事儿 / 130

雨天闲吃茶 / 133

风物闲美 / 137

把岁月写在荷花上 / 140

粗瓷质的碗，蒲扇摇的风 / 144

在天地间听雨 / 147

闲，是一种难得的情调 / 150

活成一杯茶 / 153

冬天做的事儿 / 156

有雪飘落，如见花开 / 160

风雪旧人来 / 164

第五辑 修一颗平常心

多少尘俗世故，到最后都成了甲乙丙丁。越是拙朴的事物，越是接近本真，那些涂脂抹粉、打扮花哨的人，可能一时会吸引人，但终究不能长久。

枯静处 / 168
淡，是人生最深的滋味 / 171
孤决 / 175
修一颗平常心 / 179
世好妍华，我耽拙朴 / 182
素心花对素心人 / 185
极简的禅意 / 188
清白之年 / 191
在琐碎的日常里放任 / 194
做人的品相 / 198
此处与别处 / 201

第六辑 唯有简净，方能从容

知道自己是小人物，大富大贵、大起大落与自己毫无干系，做一些看似无用却很有意思的事儿，在敏感中触摸朴素的欢喜，在安静中寻找灵魂的香气，抵达内心世界的丰盈与饱满。如此，目之所及，皆是风景。

很独自 / 206

焚香静坐，自然过 / 210

那一抹真 / 213

若要快活，当先慢活 / 216

圣人皆孩之 / 219

人生，刹那而已 / 222

一碗人间烟火 / 225

岁月忽已老 / 229

无鱼，虾也好 / 232

唯有简净，方能从容 / 235

饱满的人生 / 238

第一辑

开门是繁华，关门是繁花

别人以浊为喜，我独以清为欢，笑看风轻云淡，闲听花静鸟喧，开门是繁华，关门是繁花。

常想一二

朋友买来了纸笔砚台，请林清玄题字。林清玄展纸、磨墨，写了四个字："常想一二。"

朋友问：这是什么意思？

他说：人生不如意的事十常八九，但扣除八九成的不如意，至少还有一二成是如意的、快乐的、欣慰的事情。如果我们要过快乐的人生，就要常想那一二成的好事，这样就会感到庆幸，懂得珍惜，不致为八九成的不如意而纠结了。

一二，是沃土的养料；八九，是清水里淬火。

人生就是一部长篇小说，你是演员，也是导演。在自己设计的故事情节里，打斗着，也精彩着，脆弱着，也顽强着。在并不宽阔的路上风一阵、雨一阵，深一脚、浅一脚，走得跌跌撞撞，但你必须撑到最后，没有谁代替得了你。

命运总喜欢捉弄人，它想给人以幸福，就先以苦难的形式体现，它想予人以快乐，就派烦恼去打头阵，你想要和命运玩儿好，就做好修炼、闯关、打怪的准备。

上帝的公平不会立竿见影，但它一直睁着眼睛，人的命运也不完全相等，但唯有努力，凡事才有了可能。

双脚插入泥土越深，步伐才走得越稳。树根只有扎地更深，树叶才能更繁茂，树枝才能长得更高远。

人可以累、可以伤，但脊梁不能弯，还要努力奔跑，跑在时间的前面，跑过一切的厄运和不公，冷箭和暗算。

学会与世界周旋，处理生死大事、烦恼琐事是人生的必修课。凡事无破不立，只有今日背负千斤，明日才能力顶千钧。

里尔克说："灵魂没有宇宙，雨水就会落在心上。"就是说，不管路多难走，心里得一直有根拐杖。你若知道为什么活着，也就知道如何过生活。

常想一二。把眼光放在岁月的最远处，心就会柔顺软和起来。

贾平凹在散文《酒》中写自己因写文章惹出了一些事儿，很烦恼，父亲于是来找他喝酒，喝着喝着，老父亲说："你的事，我都知道了，我觉得那不是多大事儿。你太顺利了，不来几次挫折，不会有大出息。没事儿咱不寻事儿，出了事儿咱不怕事儿。我就是怕你不经事儿，专门来看看你，告诉你这几句话来了。"

经过了许多事儿，回头一看，磨难、挫折、负重，都是来成全你的，是你的进身之阶、洗礼之水。

不思八九，常想一二，心里绽开一朵莲花，人生才是一幅写意的图画。

恰到好处，即是妙处

文章做到极处，无有他奇，只是恰好。

好的文章，一定是火候适当、秾纤得衷、修短合度，不渲染浮夸，也不枯槁萎靡，刚好地表达和描述事物状态，如东家之子：增之一分则太长，减之一分则太短；着粉则太白，施朱则太赤。

徐渭的清寂山水、凡·高的疯狂向日葵，是创作人心路、情绪、气息、才华最适度的结合。创作者被眼前的景物所逗引，激发灵感脱颖而出，成就世界最绝妙的作品。

万事万物，恰到好处，即是妙处，否则就是不够完美。春初新韭，秋末晚松，著文如是，人生际遇亦如是。

人出生以后，被命运抛出，划出远近高低不尽相同的轨迹，走过鲜衣怒马的疏狂、花开富贵的闲散、静水深流的稳健，生命里凄凉与荒寒的际调，恰是光阴里最好的相逢。

苏东坡少年得志，春风马蹄，26 岁赴任凤翔判官，官越做越大，后又越做越小，越贬越远。他带领家人垦荒种稻，房屋五间，果菜十畦，桑百余本，过着神仙般的生活，自得其乐。他多次到黄州城外的赤壁山游览，他写下了《前赤壁赋》《后赤壁赋》《念奴娇·赤壁怀古》《记承天寺夜游》等绝世篇章。

对这种流浪的生涯，他不无幽默地写道：心似已灰之木，身如不系之舟。问汝平生功业，黄州惠州儋州。他把这几处人生的坎坷之地，作为自己的“平生功业”。大起大落，大喜大悲，多才多艺，多灾多难，成就了他人格里的进取、慈悲、旷达，诗词、书法也达到了他人难以企及的高峰。

恰好，是张岱的《湖心亭看雪》，是陶渊明的《桃花源记》，是王羲之的《兰亭序》，天造地设，天时地利人和，那一刹，阳春三月，春暖花开。

人生大梦，在频繁的美丽与曲折的悲欢之后，你悠然转醒，他新炊刚熟。

钱钟书与杨绛的一世情缘，钱说：“我见到她之前，从未想到要结婚；我娶了她几十年，从未后悔娶她；也未想过要娶别的女人。”恰好，是冥冥里的命中注定。

世界上最美好的事情不外乎，我喜欢你，你也喜欢我。

林徽因去世后，有人要给梁思成找个老伴儿，梁思成说，他三要、三不要：老的不要，丑的不要，身体不好的不要。但是反过来，年轻的、漂亮的、健康的人就不要我这个“老弱病残”了。

年迈的梁思成，只想找一个年轻的、健康的、对自己知冷知热的女人，过正常的晚年生活，过柴米油盐酱醋茶的凡俗日子。

众说纷纭里，他选择了林洙。

这个女子，做了他十四五年资料员，相貌平平，才情更平平，在林徽因夺目的光环下，她连个影子都谈不上，可梁先生叹息自己就该找这样的一个平凡女子。他对她说：感激你在我这孤寂的生活中，在我伏案“还债”的恬静中，给我带来了你那种一声不响的慰藉。由于你在这里，尽管同样地一小时、一小时地清清静静无声过去，气氛却完全改变了。

在随后的日子里，这位女子，以自己单薄的身躯和卑微的爱温暖着一个孤寂而惊悸的灵魂，伴随着梁先生度过了生命行旅最后的十一年光阴。

那时，他在病榻上读着林徽因的最后一句诗：“忘掉腼腆，转过脸来，把一串疯话，说在你的面前。”她坐在他面前，和他一起静静地欣赏。

一粥一饭，相扶相偕，寻常夫妻，不过如是。

她年轻时是个大美女，而他，只是单位一名普普通通的员工。

三十年，珍珠婚。她喜滋滋烫了头发，他系上围裙下厨做饭，开了瓶红酒。这么隆重的纪念日简单地过了，她却幸福得不成样子。两人的结合，没有传奇的经历，朴素得有点平淡，父母之命、媒妁之言，走过了几十载春秋，孩子成家立业，儿孙已绕膝旁，他们夫妻鬓已星星。

他问，老婆子，那时你那么年轻、那么美丽，又有那么多人追求，为什么你会选择我这样一个小会计？

她抿了一口红酒，脸色也有点红，轻声地说，也没有什么特别的啊，当时，我没有结婚，你刚好也没有女朋友。

一个人和另一个人的相遇，或许有着无限的前因，但终究不过是：你在泡茶，我来喝茶，茶也恰当，水也刚刚好。

无用之用

“世上有味之事，包括诗，酒，哲学，爱情，往往无用。吟无用之诗，醉无用之酒，读无用之书，钟无用之情，终于成一无用之人，却因此活得有滋有味。”

这句话来自周国平的《闲适》。

太过“有用”的东西，往往伤肝揪肺地折磨人、消耗人，比如升官、发财、成名。

一位好友，有车有房，收入不菲，可每次约见，她都行色匆匆，面色憔悴，总说工作有多忙，事情有多多，自己有多累，一副日理万机的样子。

她说，你看，我每天路上开车有三个多小时，工作占去了十二个小时，没有精力做饭，吃饭常在外面凑合，回到家只有疲惫，哪还有闲情逸致栽花养鱼、谈情说爱，更别提生活品质了。

问她，为何要把每天的时间安排得满满当当，没有缝隙？

她说，时间太紧啊，我只怕把光阴给虚度了。

这样，她把自己活成了一台高速运转的机器，一只不停旋转的陀螺，无休无止地忙碌、奔波，优渥富足却毫无幸福感。

东船西舫悄无言，唯见江心秋月白。

把生活过成生存，生存过得像乞讨，只为维持生命不顾及灵魂的有用，才是真正的无用。

“京城第一大玩家”王世襄在就读于文学院时，不是臂上架着大鹰，就是怀里揣着蝈蝈到学校上课，被老师称作“未知数”。他一生酷爱放鸽、养蛐、驾鹰、掼跤、烹饪，却把这些雕虫小技玩出了文化和情致，玩成了一门“世纪绝学”。荷兰王子专程向他颁发“克劳斯亲王奖最高荣誉奖”，并说：如果没有他，一部分中国文化还会被埋没很长一段时间。

莳花弄草，对月吟诗，正是一些无用之事，把生活装点得绚烂多姿、五彩缤纷，让人揣着一颗快乐心，走过了千山万水。

陈道明年过六旬时，在文章里写道：“有时我们夫妻俩就同坐窗下，她绣她的花草，我裁我的皮包，窗外落叶无声，屋内时光静好，很有一种让人心动的美感。”

有人问一位诗人：“诗不能当饭吃，写诗有何用？”诗人讲：“诗填不满人饥饿的肚肠，黄油面包同样也喂养不了人饥饿的灵魂。”

这回答，精彩绝伦。

只有饥寒饱暖的生活不叫生活。妆容完美，精神也需精致。

无用之处，恰恰正是最靠近灵魂的地方。经常做一些无用的事，才能诞生离人心更近的艺术。这就是庄子说的，无用之用，方为大用。

一位布衣裙钗的女子，令人心动的，不是她漂亮的脸蛋，恰是她那种简单干净、朴素雅致的文艺气质。

看王羲之的《兰亭序》，看出了万千气象，每个字都是诗是画，是世故练达，像是跨越了千山万水的光阴，与古人攀谈对话，那春风拂面、衣袂飘飘的一笔一画，真叫人感受“天朗气清，惠风和畅”！

英国人说，英国人宁可失去整个印度，也不肯失去莎士比亚。乔布斯说，我愿意用我所有的科技，去换取和苏格拉底相处的一个下午。

佛陀有拈花一笑。于无字处看书，于无声处听音。于无画处观景，于无心处参禅。花一些时间，做一些无用的事，读一些无用的书，超脱功利的世界，享受精神愉悦，此时，心里一定绽开着千万朵莲花。做点无用的事，清心降火解毒，自己与自己和解。

每次回家，我都悄悄收集起儿时那些破旧的小人书，以及表面斑驳的旧红木箱子；我会跑很远的地方去看桃花、樱花、油菜花，左拍右照；我坐在公园晒太阳，看鸟雀鸣枝，赏薄暮春光；我的案几上，养盆花、放几块石头，手里的小叶紫檀，也盘得油光锃亮。母亲说我“不务正业”，可我喜滋滋、陶陶然，心里有说不出的美意。

世间很多美妙的东西，恰是无用之物带来的，比如猝然而临的春雨，虚空飘来的音符，滋养灵魂，让心安顿。

不为无用之事，何以遣有涯之生。

从流飘荡，任意东西

“风烟俱净，天山共色。从流飘荡，任意东西。”

再读《与朱元思书》，觉得“从流飘荡”四个字，真好！吴均乘着船，随着江流漂浮移动，时而向东，时而向西，行之所至，心之所向，何其自在，何其洒脱？

人生总有不可把握的现在、无法预知的未来，没有大起大落的动荡，也难以获得大彻大悟的成长，如悬崖上的树，那些动态的不安，构成了生活中的绝美。

高晓松的《立秋》：你举着一枝花等着有人带你去流浪，你想睡去在远方，像一个美丽童话，那本书合了又开飘落下梦想，我们俩合了又分像一对船桨。

你带着花，他带着你，你们一起吹风，淋雨，流浪，看长河落日，看夕阳残照，怀着未知的神秘、潦草的疯狂。动荡的日子，有着破坏和离散，有着坚硬、粗粝的质感，是生活的灰色，是灵魂的草长莺飞。

花若是永远开着，便也没有了趣味，自开自落，才更像是一种契合。

朱天文讲：“我喜欢危险这两个字，因为危险才是青春永驻。”她痴爱张爱玲文字里的苍凉，她认为“苍凉”是在力量的背后有着荡荡莫能名的情操。她实在太喜欢这个世界上的一切了，因此连这个世界的败坏和沉沦都不忍舍弃，还要眷恋，还要徘徊。

正是有了那么多不确定性，生活才更加鲜活、才更有滋味。如果一切都摆放在那里，一切都已经预知，不管你如何挣扎，都摆脱不了最后的命运，那么此刻的富贵满堂、锦衣玉食，也索然无味。

“岁月极美，在于它必然的流逝。”三毛风尘仆仆、浪迹天涯，为了心中的橄榄树，去寻找生命更深处的东西，宁愿体味那疼与伤，苦与痛，也要过痛快、陡峭的生活。

每个人心底，或许都养着一头兽，骅骝长嘶；或许都养着一盆野花，张扬盛开。想做一个终南山上的劈柴人，与茅草屋、泥墙、瓦舍为伴，与溪水、野花、老树为伴，听琴煮雪，风里饮茶。只是，她想的，很多人都想过，而她做的，很少人能做到而已。

只有挣脱了阴凉与世故，放下了世道嘈嘈，放下了人生切切，一切风烟俱净，才能从流飘荡、任意东西。

圆光说，他与师父去古村拍当地的民俗。他说：师父，您看那么多美景，可以写点诗歌留存。

师父说：写诗做什么？这遍地都是，你随便拿。

那一刻，圆光无言，但心里已是梧桐花开、落英缤纷。

所有的禅机，只有澄澈的心才能悟出。景物虽然美好，若是没有一颗易感的心去应和，良辰美景也只是白白浪费。如果一颗心不再动荡，不是垂垂地老了，就是定定地死了。唯有那动荡的心，揣着一半的冰、一半的火，交织成了灵魂的快乐。

花自飘零水自流，一种相思，两处闲愁。那愁，是忧伤的，是寂寞的，也是动荡的。

“那双炯炯发光的大眼，却好像蒙着一层朦胧的轻雾，永远带着迷离恍惚的事态。”在别人眼里，陆小曼嫁给了一个好夫婿王赓，可她最终选择了和她一样西化、叛逆，骨子里透着不安定气质的诗人徐志摩。

他们是一团火遇上了另一团火，宁愿燃烧成灰，也不愿在四平八稳的日子里生活。外界的阻力，反让他们愈挫愈勇，是风花雪月，还是飞蛾扑火，都不顾了。他们的爱情，也如猛虎嗅蔷薇，直到心里滴血，把白花染成鲜红。而他们的痛苦和快乐，也深成一片。

风云际会，沧海横流，山河动荡，且随它去，生活薄了，心灵却丰厚了。

绝无花叶相

渐渐迷上徐渭这个人。

看他的画，一种天生的寂冷、枯寒，一种历尽世态炎凉的无奈，尘满面，鬓如霜，让人心生疼。

他是把什么都悟透了，才那么不快乐。那么狂放的一个人，画画时越收越紧，寥寥几笔，一行山水，几棵老树，一个趴在石头上的人，头枕一把干草。看得人心酸。

他在画他的悲欢愁苦，却让你不由自主地跟随了他，冰天雪地，义无反顾。

道人写竹并枯丛，却与禅家气味同。
大抵绝无花叶相，一团苍老暮烟中。

到了他的水墨花卉系列杂画，别说繁天锦地，那简直彻底地消失了花叶相。一幅《枯木石竹图》中，暗合了他的心意。

“绝无花叶相”，他画的什么，又不是什么，然而，他画什么，又真的是什么，那才是他的功力和灵气所在。

有意化无意，大象化无形。世间有灵性的好东西，大多是不着痕迹，羚羊挂角，无迹可寻，以无间胜有间。

《金刚经》云:“凡所有相，皆是虚妄。若见诸相非相，即见如来。”“如以色见我，以音声求我，是人行邪道，不能见如来。”庄子曰:“天地有大美而不言。”老子的“大方无隅，大器晚成。大音希声，大象无形”，都是“无形之道”。

说到底就是一句话：心无所住。

心无所住，才无所不住。

“无我”，在意识里、心里，我已经完全不存在了——“无相”，连外表的皮囊色相都没有了。完全的和天地合一了，到这个境界，即见诸相非相，即见如来。

林清玄《茶匠的心》里写，茶匠受到挑衅，本来打算寻找一种最体面的死法，结果剑客教给茶匠用他最擅长的“泡茶技艺”与浪人决斗。当浪人带着必胜的信心挑战时，却被茶匠从容优雅的气质，散淡无欲的情怀，专注无畏的行动吓倒。茶匠以柔克刚，“无畏、无我、无念”，以“无”胜“有”，赢得了这场决斗的胜利。

马拉美《牧神的午后》，牧神“潘”似睡非睡，环境朦胧，交欢也若有若无，隐藏着一种神秘的暗示，这样的美若是直白地表达，趣味就减少了六七分。

菩提本无树，明镜亦非台。本来无一物，何处惹尘埃。

美本身无法捉摸，一些模糊不清、似有似无的事物，才引起人的揣摩和猜想。

日本导演小津安二郎的墓碑，无名无姓，只刻一个大大的“无”字。一个早已经把人生参透了的人，一切，就不必说了。

古田织部在教人茶道动作时，要求极为苛刻。有人自然不满：“您师父茶圣千利休，凡事务于简洁自然，说茶道不过是点火烧茶之事。怎么您就那么严呢？”

古田织部就说了：我师父那是功力到了，随意做什么动作都是美的。没到那境界前，就得按标准姿势来。

匠气太重，只说明火候不够，功夫还不到家。那些无形、无相呈现出来的面貌和场景，才是气象万千，回味无穷。

记得小时候看金庸的武侠小说，印象最深的一句是：“无招胜有招。”没有一招半式的具体，只是风起沙飞、漫天黄土，那么读着，已经觉得很厉害了。

“彼之力方碍我之皮毛，我之意已入彼骨里。劲似宽而非松，将展未展，劲断意不断。”很高深。无相就是这样。徐渭的绝无花叶相，已经到了这一层境界。

董其昌论画，认为绘画讲究气韵，讲究变态和自然，凡是匠气的斧凿痕迹，都不好。

宋元以来，写意花鸟画就有一定的发展，作画时“逸笔草草，不求形似”为最高境界。徐渭画画，常常以倾倒的墨汁随意点染而成，笔墨放纵，老干交缠，离奇夭矫，笔意纵逸，没有定式，沉雄而带霸气的大写意画风格，也更具有深意和品位。

正如他自己所说“信手拈来自有神”“不求形似求生韵”，创立了宋元以来水墨的大写意画法。

绝无花叶相。有了一定的功力，到了一定的境界，就自然知道什么是好了。

开门是繁华，关门是繁花

儿时读《从百草园到三味书屋》，一下子就喜欢上了那个叫百草园的小院儿。

那小院儿里，有碧绿的菜畦，光滑的石井栏，鸣蝉在树叶里长吟，肥胖的黄蜂伏在菜花上，即使是泥墙根一带，也有无限的趣味。

鲁迅家的院子看起来很热闹，但巴金家的院子却显得很安静：那棵不知名的五瓣的白色小花仍然寂寞地开着。阳光照在松枝和盆中的花树上，给那些绿叶涂上金黄色。

可是，它们再好，也比不过我家的小土院儿。

我家的院子很宽敞，地面被碌碡碾过，靠墙的地方有两棵石榴树，虬枝纵横，相互扭缠攀到空中。且不说五月那火红的石榴花一朵朵开得有多艳，我们这些孩子，就等着到了秋天，让奶奶兜着围裙，发给我们每人一个咧开嘴笑着的大石榴，红籽儿玛瑙，一颗比一颗甜。

那时奶奶身体尚好，常常穿件灰白色对襟衣裳，每天清晨推开门，左手端小半盆清水，右手撩洒着，压住地面的灰土，然后用笤帚把地面清扫得干干净净。

鸡鸭鹅太过调皮，从不安生，它们一旦从窝里放出来，就“咕咕咕”“嘎嘎嘎”地叫着，跟在奶奶屁股后跑来跑去，在院子里吃谷、找虫、拉屎，小院儿不一会儿就成了它们的运动场、游乐园。

有繁星的夏夜，露水下来，蛩声四起，奶奶在小院里铺张凉席，抹干净，我们仰面平躺，看着天上的月亮，嫦娥轻舒广袖，吴刚举斧伐树，天空群星灿烂，奶奶摇着蒲扇慢悠悠给我们念叨着：“青石板，板石青，青石板上钉银钉……”那声音是催眠曲儿，我们很快就进入了梦乡。

那时的梦也很甜，一觉睡到大天亮，口水流了一河滩，脸上还拓着一道道深深浅浅的篾席印子，这时门外的车铃声“噹啷啷”响起来，做小生意的人推着自行车拖着长长的声音叫着“卖——老糖嘞，卖——老糖嘞……”

简陋的小院儿里，石榴花落了，来年又开，但随着奶奶的去世，那座老房子逐渐荒废，小院儿再也无人踏足。

齐白石有一幅画叫《梨花小院怀人》，画上有一枝梨花，下有两只青蛙。客居北京的齐白石怀念的是湖南老家的风物，怀念的是在星斗塘的发妻。

如今，住在闹市的我，该有多么怀念我儿时的那个小土院儿啊！怀念那块用房屋和树木截取的一角天空，还有那棵歪七扭八盘旋伸展的石榴树……

“吾毕生之愿，欲筑一土墙院子，门内多栽竹树花草，清晨日尚未出，望东海一片红霞，薄暮斜阳满树，立院中高处，俱见烟水平桥。”

我还能够拥有一个自己的小院儿吗？

如果可以，我要围一个大大的木篱笆，用老青砖铺一条小径，青瓦粉墙，木门铜锁，栽几株花儿，种四季时蔬，春风一吹，藤蔓就爬了满墙。我躺在藤椅上，以蒲扇摇风，呷一口小桌上刚沏好的热茶，眯眼看着从树叶间漏下来的一丝丝日光，春负暄赏花，夏听雨观荷，秋把酒赏月，冬看红梅白雪，俯仰之间，有天地，也有日月。

春雨飘落，我手持香茗，于檐下体味“晓看红湿处”的唯美意境；夏荷初绽，我提笔描花，绘时光清浅，手把从容，一一风荷举。那时，院内花枝剪影，门梁紫燕穿梭，风送荷香来。

语堂先生说：“宅中有园，园中有屋，屋中有院，院中有树，树上见天，天中有月，不亦快哉！”我大门不出，二门不迈，有闲逗逗草、弄弄花，与坛坛罐罐为伍，和泥土虫子结伴，把日子细细数、慢慢过，小小的院落，有我的诗情画意，也有我的人间烟火。门前冷落，无妨，恰恰好。

别人以浊为喜，我独以清为欢，笑看风轻云淡，闲听花静鸟喧，开门是繁华，关门是繁花。

花开富贵

花开富贵，这花，当然指牡丹。

有人说她：开，倾其所有；落，惊心动魄；不开，则安之若素。王者之号，冠万花之首，驰四海之名，且以富贵称之。

关于国花，曾有人建议可取梅之风骨、菊之隐逸、兰之清幽、莲之高洁……但唯有牡丹成为国花，终是有因的。

你看那丹青里的牡丹，开得华丽丽的，描眉画目，穿金戴银，气象万千，妖娆极了，像一个光艳照人的贵妇，睥睨群芳，富贵逼人，符合人们向往幸福、繁荣、富强的意向，内外兼修，堪称完美。

《红楼梦》里，以牡丹喻薛宝钗："似共东风别有因，绛罗高卷不胜春。若教解语应倾国，任是无情也动人。"宝钗体态丰满，举止端庄，出身于金陵四大家族的薛家，珍珠如土金如铁，过着玉食珍馐、鲜衣怒马的日子。作为名门闺秀，贾府上下均对她另眼相看，又是"沉稳型，外冷内热"的性子，大家风度，以牡丹喻宝钗，确是贴切。但她事事周全，事事圆满，平白地没有了滋味。

对于太强大的东西，总觉得有些虚张声势，内心抗拒。

暮春时节，牡丹花朵盛开，花大盈尺，白色微带红晕，晶莹润泽，如美人肌肤，清香四溢，冠居群芳，一副"花王"的气派。若把桃花喻为小家碧玉，牡丹就是后宫之首。我却独独喜欢兰、梅的君子气节，风骨卓然。

“水陆草木之花，可爱者甚蕃。晋陶渊明独爱菊。自李唐来，世人甚爱牡丹。”

李唐王朝，也并非人人爱牡丹。传说武则天饮酒赏雪，酒后题诗：明朝游上苑，火速报春知。花须连夜发，莫待晓风吹。叫宫女拿到上苑焚烧，以报花神知晓。

百花仙子即令所有花都开放，但唯独牡丹未开。武则天大怒，一把火将牡丹花烧为焦灰，并将别处牡丹连根拔出，贬出长安，扔至洛阳邙山。

洛阳邙山沟壑交错，偏僻凄凉，本以为牡丹会在此绝种。谁知却让那千年帝都洛阳成了名震中外的牡丹花城。

原来，牡丹也自有傲气。

杨贵妃是牡丹，丰满圆润。整个盛唐气质里，就有着雍容华贵、国色天香、丰丽华硕、光彩四溢、无比威仪的调子。

“云想衣裳花想容，春风拂槛露华浓。”也难怪唐以牡丹为美了。

很久前就听说过菏泽，牡丹之都。清时县志记载：“每至仲春花发，出城迤东，连阡接陌，艳若蒸霞。”想那千株牡丹连接成海，一定是史无前例的盛况。

前日去菏泽，坐了火车，在菏泽火车站，看到有人卖牡丹。一根根枝条，灰蒙蒙的，带着绛红色的芽苞，六元一枝。

但爱人说，牡丹不好养，根很粗壮，需要深挖厚藏，所以一般室内是养不成的，得到室外养。而城里的房子鸽子楼般，怎么养？

看来看去，临走还是没有买。

那可是殷殷的牡丹苗呀！一直在心里惦记着。

好友是个粗线条，上山下河，大大咧咧。

有日去她家里，竟见厅堂上挂了一幅两米长的十字绣，叶子碧绿油亮，花鲜艳粉嫩，舒体的"花开富贵"精当有序。

虽然家里装潢华丽，这幅牡丹图却是最最点睛之笔。

一问，竟知是她自己一针针绣出来的，立刻刮目相看。

她花了近半年的时间，磨下性子，用业余时间来绣，手指头被针戳破了好几次，眼睛酸疼得流眼泪，但她最终还是坚持绣完了。装裱，上墙。

她就在厅堂之上，富丽堂皇，喜气安稳。我发现，我心里已经渐渐接纳她了。

"早知不入时人眼，多买燕脂画牡丹。"

诗人李唐是看透了世人，凉透了心，既然都那么贪慕富贵荣华，醉心声色犬马，早知如此，我还不如买点胭脂去画牡丹。

可见，牡丹有多俗。

"予谓菊，花之隐逸者也；牡丹，花之富贵者也；莲，花之君子者也。噫！菊之爱，陶后鲜有闻。莲之爱，同予者何人？牡丹之爱，宜乎众矣！"

芸芸大众，老百姓都爱牡丹。花开富贵，华贵威严，谁不愿花好月圆、珠玉满堂呢？

小时候，村里小伙儿姑娘结婚了，媳妇娘家陪的嫁妆就是斜纹老土布的大红被面，大朵大朵粉盈盈的缠枝牡丹，上面不是站立着小喜鹊，就是吉利喜庆的龙凤呈祥。娘家人都希望自家女儿，一辈子都喜庆安稳、富贵吉祥。

岁月静好，现世安稳，本就是俗人在俗世。

牡丹两字，就带着俗气，也只有她，配得上富贵两个字。

花乱开

随手翻看老树的《花乱开》。

主人公是一位头戴斗笠、身穿白衫的民国男子，不是爬在墙头、树上，躺在花丛、河边，就是树后抱柳、山间扛花，一副潇洒自在、随意洒脱模样。

花开着就很好，加上一个“乱”字，就美得不行。花乱开，是一种玩世不恭、放任不羁、不受约束、随意洒脱的自在灵动，是“不愿凑热闹，春来我不来。风清天凉处，树枝斜着开”的任性妄为。

我想开就开，今天开，明天开，想何时开，便何时开；斜着开、横着开，想怎样开，就怎样开；我高兴我就开，我不高兴便含着苞儿不开。我只管听从我心，遵循己意，世界喧闹，世态炎凉，我才不管。就如老树那一句：青山在远，秋风欲狂。世间破事，去他个娘。

其实，春夏秋冬季，七八九十月，每朵花也都在用心开着，用心了，才会开得繁、开得美、开得乱。诗画千万件，不及一枝花，花乱开，其实也是遍地生花，处处生花的意思。

“一点春心在，何须要人陪。独坐乱花里，闲翻金瓶梅。”山脚、海边、小径、湖畔、村落旁、乱花里，白衫男子翻看闲书，杂花野树里，他有着自己的孤独，也有着自己的欢喜，日子顺水流淌、不急不缓，一个人独享天地光阴，谁能不羡慕那份超然世外的潇洒、闲逸？

“待到春风吹起，我扛花去看你。说尽千般不是，有意总在心里。”春风徐徐，男子肩扛梅花，步伐轻盈，去寻他心爱的女子，“江山何足道，花开只为你”，不管她在也好，不在也好，他只是把心中的一点天真、一点痴心送给她。

这画面太美，一副迷死人不偿命的样子。

一个人若拥有点浪漫情怀，已足以让人倾心；若还有着点幽默，就更不得了。读那题诗：“有时特恨一人，就想把他干掉。过后重新想起，自己真是可笑。”字句里有着的俗世的生活味、凡人的真性情，又有着禅家的顿悟和智慧，语言敦厚、朴素、可爱，让人莞尔。

朱自清品丰子恺画：“漫画有诗意；一幅幅的漫画，就如一首首的小诗——带核儿的小诗。你将诗的世界东一鳞西一爪地揭露出来，我们这就像吃橄榄似的，老觉着那味儿。”这话我是非常赞同的。无论书画，每个作品都沾染着作者自己独特的味儿，有些带给人诗意，有些带给人快乐，味蕾不同，境界不同。

现在大家都喜欢搞艺术，若是搞得一本正经、正襟危坐，就有些索然无味，像老树这样“乱世写大意，浑水摸小鱼”，简单里有内容，繁复里有意境，把搞艺术变成玩艺术，就很不容易。寥寥几笔，简意洒脱，让人会心微笑、放松，还觉得很有趣、很好玩儿，举千钧若扛一羽，那就更不容易了。

老树的诗画风格自然、俗中藏雅，多为茶事、起居、吃饭等小情小思，山中访友，林中下棋，河里荡舟，花间品茗，篱前观月，日常心境，直白自然，毫无挂碍，野树四处，杂花乱开，却有着江湖风大、我自逍遥的从容与旷达。

很多人说，老树的画风类似丰子恺，其实，对物成画，应心为诗，画者都是在画自己，画己心，喜欢就喜欢，何必去纠结是谁、像谁，要说，倒觉着两人都有一种朴实又空灵、现实又浪漫的格调在里面，让人拍案叫绝、心里爽快。

雪小禅讲:“只想做一朵艳不求名的陌上花，不妖不香，苍老天真。淡淡开在自己的园中，不嫌孤独寂寞，不嫌稍微有了荒凉秋色的颓然，在月光练白的如水秋凉中，开给自己看。你欣赏或者不欣赏，我无所谓。”这也是一种“花乱开”的态度。

春天里的花，夏日里的花，秋风里的花，开不过心中的花。

春风浩荡，繁花似锦，花乱开，开得率性，开得放任，开得恣意，实在难得。

浮生

浮生，有种恍惚的隔世之感。

人是越发地懒了，动作都较以前慢了半拍。书里忽然落下发黄的旧照，站在一棵灼灼繁花的树下，明眸皓齿，肤白唇红，笑得花枝乱颤、没心没肺。

二十年，竟然就那么过去了，心下不禁一片荒凉。

一直以为，日子是慢悠悠过的，一年年觉着没有什么变化，但翻一翻旧时的照片，才知道：老，就是一刹那，人尘俱老。

“原来姹紫嫣红开遍，似这般都付与断井颓垣，良辰美景奈何天，赏心乐事谁家院？”戏文里，女子一甩水袖，咿呀唱道。

卧在床榻，翻看《浮生六记》，一股亲切朴拙的生活气息扑面，布衣蔬食、闺房燕昵，日常琐事，平淡无奇，让人喜不自已。

陈芸给沈三白吃自制的暖粥小菜，两人举箸欲食，却被堂兄玉衡撞见，玉衡打趣说：我要吃粥，你却说粥喝完了，难道藏起来专门供你的夫婿吃吗？陈芸和沈三白羞红了脸，可两人的真情蜜意就那么明晃晃地显露了出来。

两人种植的菊花盛开了。陈芸说：“他年当与君卜筑于此，买绕屋菜园十亩，课仆妪植瓜蔬，以供薪水。君画我绣，以为诗酒之需。

布衣菜饭，可乐终身，不必作远游计也。”

陈芸这样可爱、超然的女子，谁不爱。夫妻两人同行同坐，耳鬓厮磨，谈诗论文，亲如形影，夫戏妻谑，言犹在耳。

浮生漫漫，空虚不定，只有内心澄澈的人，即便屈身于陋室，过着最平常的柴米油盐生活，依旧有着恬淡悠闲和“夜半涛声听烹茶”的小情趣。把单调的生活过得雅致，把清贫的日子过得隽永，才是最好的人生吧。

乡间，曦光初露，院里已鸡鸣狗吠。

揉揉惺忪的眼，推开窗户，鸟雀叽喳，花香满院。母亲正在桃花树下择菜、备饭，树影斑驳，鸡鸭在旁溜达觅食，一处干净的空席上，晾晒着新采回的白蒿，说是给父亲泡水喝的。

父亲痴迷麻将，每次打牌很晚回家，母亲总会下炕给他泡一杯白蒿水喝，说对肝好。

午间，太阳刚刚偏西，雨已倾盆，至夜，白露凝霜，西风渐紧。天气变化晴雨不定，像清晨和傍晚的交替，刚才还天光乍破，转眼已暮雪白头。

一日日也就这么过去了。想起儿时的我，在母亲怀里揪着她乌黑的一绺发用手指捻玩着，而今，母亲的发已经稀疏、花白，像是连天的荒草般毫无生机，眼眶就一阵阵紧得发热。

其实，日子一直都是平淡无奇，只有人心惊天动地。

和爱人的小家，转眼已过多年。与锅碗瓢盆，与风声雨声唱和着，度过人生寂寂长河里一截儿又一截儿的冰凉时光。

然而，吵嘴的时候，一个个眼睛瞪得比牛铃还大，满脸凶相，一副一刻都过不下去的样子。到了晚上，就觍着脸来电，问去小笠原吃日本料理，是否愿意。

这个年纪，学会了给人台阶下，也恰到好处地掩饰住了自己内心的愧疚。

小笠原朴素简洁。依然是青瓜寿司，蔬菜天妇罗，生三文鱼片，鳗鱼炒饭，一份味噌汤。

穿绛红色和服的女生服务并不热情，上了寿司就站在吧台聊天。但没有那种多余的热情，我们也无须机械回应，反倒自在。

既然是冷战余孽，架子还是要端着的。

他要喝“松竹梅”，我偏要喝“美少年”；他要喝冷酒，我偏要烫热了喝，且要很烫很烫的那种。

一向在别人面前大度无比，唯独在他面前小气，又赖又坏。我的狡黠，他知道。所以，他只是笑。

不过，美少年，这个名字，我的确是喜欢。让我可以淡淡地想起，阳光映照下皮肤白皙、绒毛晶亮的美少年，站在校园里，在捡起的银杏叶子上用圆珠笔写下：

我可以锁住笔

为什么

却锁不住爱和忧伤
在长长的一生里
为什么
欢乐总是乍现就凋落
走得最急的都是最美的时光

是啊，终究有一天，你的亲爱，你所有的刻骨铭心，都会变成留不住的往事，会被风吹到很远很远处，你努力地追，张开手抓了一把，抓到的，都只是空。

时光里留下的印记，是你们用过的件件旧物——一堆烧过的蜂窝煤，一条掉色的手工围巾，空空的啤酒瓶，和脑海里一遍遍浮现的影像：他站在市场，一袋血红的西红柿，一捆俗绿的青菜，你们在讨论蒜的新旧，蛋的品类，肉的价钱。

生命里，有一个人，情愿被你依赖着、埋怨着、欺负着，再没有第二个。

但那时，什么也来不及了。你满满的襟怀里，空余冰凉的泪水和一颗无处安放的心。

浮生若梦，为欢几何？

一把老壶，春花酿酒，冬雪煎茶，把心收好，慈悲惜缘，做一对烟火神仙，已是最好。

真的是老了，在这样阳光正好的天气里，忽然就紧紧抓住了他的手，莫名地落下泪来。

花下相见

很多次排版编辑，我都以樱花配图。

文艺、伤感、颓废、赴死、唯美等各种意向都以盛开诠释，层层叠叠，似空中绽放的薄云，姿态流丽，烟紫淡淡。

樱花，自花开到凋零，自初始到最终，短短七日，摇落了漫天的樱花雨。

盛开时有多热烈，消逝时就有多寂寞。

日本被称作“樱花王国”。一个“樱”字，就多了些许浓郁的神秘，比如染井吉野樱、寒绯樱、雏菊樱、八重樱、枝垂樱……只听花名，已叫人心荡神摇了。

日本人赏樱，叫“花见”。

花见，花下相见，花下不能不相见。因为，一个人赏樱是会落泪的。

“樱花下落的速度是秒速五厘米，世界那么复杂，而我只花一秒钟就爱上了你，然后用一辈子去忘记。”

阳光漫洒，白衬衣男孩骑着单车在樱花道上穿梭，车后座是一位黑头发的格子裙女孩，干净而美好的年纪里，青春以纯爱书写。

然而，无论樱花开得多么绮丽，却总与流水之匆忙、时光之消逝、美好之失落、爱情之凋零勾连，那种不着痕迹的伤感总是一下子把人击中。

短暂的事物总容易使人感怀。樱花开遍，街景繁华，人群摩肩接踵，也赶不走低回的寂寞。

日本人却有另一番意会。他们认为，人生短暂，转眼就会凋落，那么就要像樱花一样灿烂地活着，如果死，那就果断地离去，绝不踯躅，干干净净。

东山魁夷说：如果樱花常开，我们的生命常在，那么两厢邂逅就不会动人情怀。

既然一切美好终将消失，那么一切美好也只有以死亡去祭奠。这是日本人的物哀精神。樱花、和服、老屋常常是日本电影里的主要元素，颓废、怀旧，却绝美至极。

长长短短的一生，若是未见过天地，未见过众生，又如何得见自己。照此来说，花的盛开，是须臾，也是不朽。天地广阔，寂寥如斯，唯留花与你，你与花，一期一会。你在见花，亦在见己。你从千千万万花枝中选出的那一朵花，恰恰就是你自己。

前年去交大看樱花。

校园满地落红。挂在树上的一抹抹淡红轻颦浅笑，樱花树固执而优雅地张开褐色的硬枝条，小径、池塘、花园到处是白里透粉、薄如蝉翼的樱花瓣。

Cosplay（角色扮演）的男孩子们顶着白色、红色或绿色的头发，身着玄色长袍，涂夸张的眼影，身着军绿披风、格子群、及膝长袜的少女手持剑戟或长刀，在树下坐卧拍照。

那个橘色头发、粉红色毛衣、蓝色水手短裙，有点天然萌的女孩儿，是栗山未来。这个我是识得的。

女孩子红框眼镜下的眼神飘忽迷离、空灵绝美、干净纯粹，小巧而挺翘的小鼻子，如樱花瓣一样的粉唇，在樱花树下双手举着“姨妈刀”，周围长枪短炮咔嚓咔嚓闪着光。

一刹那时空错乱，头上的血横冲直撞。此时，她竟飘然而来，以她柔软的小手牵住了我的手，嬉笑灿烂，乖巧无比。

我坐卧不宁，百不称心，闻风而来，不就是为了她吗？

她给我听那首《樱花樱花，想见你》：

“樱花，樱花，想见你，现在就想要见你

没关系，不要再哭了，我是风，正包围在你的身边。

樱花，樱花，想见你，现在就想要见你

谢谢，一直都最喜欢你，我是星星，会永远看着你守护着你……”

高野健一作《樱花》，表达对逝去女儿的思念，后来，RSP（日本演唱舞蹈组合）以女儿的身份回复、鼓励父亲。我很少听日文歌曲，但这里每一个音符，都让我感动到落泪。

女儿告诉我，她以后要去日本，做她喜欢的动漫。

65岁的几原恒雄说：“樱花在短暂地盛开之后戏剧般地凋零，我喜欢一边喝酒一边欣赏它们。”樱花季，亦是樱花祭。樱花柔软温暖、美好短暂，我期待来日，我可以在京都的樱花树下，看到她和她的作品。

前阵子，我又去青龙寺赏樱，虽不逢时，但也不惋惜，赏花何须花开，观月何待月圆，重要的，还是赏花时的情怀。

有趣，才是最好的活法

人可以无知，但不可以无趣。

有趣，不是打诨逗乐、供人调笑、讲段子，而是怀揣一颗审美的心，保持着放松的姿态，享受那种雅致健康的生活乐趣。

一个天生悲观、“小确丧”的人，活得像硬邦邦的水泥地，处处弥漫着硝烟味儿，时刻剑拔弩张，任何一件事情，都能触动他的消极和负面情绪。这样的人，不仅自己不高兴，也常常给别人添堵。

王尔德说：“这个世界好看的脸蛋太多，有趣的灵魂太少。”很多人觉得过得不好，其实并不是缺少钱，而是在风尘仆仆的征途里直奔目标，渐渐失去了对美的感知。

有趣的人，即使在凄凉的境地里，也不忘打开一段舒缓的乐曲，给瓶里放一朵刚采摘下来的鲜花。林语堂在《人生不过如此》中写：我们最重要的不是去计较真与伪，得与失，名与利，贵与贱，富与贫，而是如何好好地快乐度日，从中发现生活的诗意。

“儿童放学归来早，忙趁东风放纸鸢。”有趣，其实就是生活里的诗意。

周作人爱茶，且喝得很讲究，意为“苦中作乐”。梁实秋先生记录了他在周作人家中喝茶的情景：照例有一碗清茶献客，茶盘是日本式的，带盖的小小茶盅，小小的茶壶有一只藤子编的提梁，小巧而淡雅。永远是清茶，淡淡的青绿色，七分满。

从喝“清茶”到喝“苦茶”，周先生之意未必在止渴，更不在果腹。他说：我现在的快乐，只想在闲时喝一杯清茶，看点新书。他通过饮茶，赏鉴其色香味，在享受的过程中去体悟人生，愉悦地生活。

知之者不如好之者，好之者不如乐之者。人之所以感到快乐，是将自己的精神寄托于美好的事物里，浸淫陶醉其中，过得讲究、精致。花在你眼前开了，你心里也乐开了花。

有趣，其实就是找一件自己喜欢的事情去做罢了。

苏东坡在给朋友的信中说：“我一生之至乐在执笔为文之时，心中错综复杂之情思，我笔皆可畅达之，我自谓人生之乐，未有过于此者也。”

“何夜无月？何处无竹柏？但少闲人如吾两人者耳。”生活对每个人都是一样的，不同处，有情趣高雅的人欣赏它。

喜欢张岱，是因为他的博闻雅趣。

他在《自为墓志铭》里写自己：“少为纨绔子弟，极爱繁华，好精舍，好美婢，好娈童，好鲜衣，好美食，好骏马，好华灯，好烟火，好梨园，好鼓吹，好古董，好花鸟，兼以茶淫橘虐，书蠹诗魔……”张岱涉猎广泛、博学广识，令人倾倒。

他不仅是“小品圣手”，还喜欢看戏、演戏、导戏、写戏。兴致来了，自己登台献艺，“科诨曲白，妙入筋髓”，创作《乔坐衙》，他演出的那天，万人空巷，观者如痴如醉，这样的人，简直就是明时的梁朝伟和王家卫，实在是太好玩了。

一个人的生活质量，就是他的内心花园。花园打理得是否错落有致、赏心悦目，就看他的个人趣味。

汪曾祺是作家里最会吃的，也是厨师里最会写的，有人说他是文艺界的泥石流，市井里的小清新；木心自己裁剪制作衬衫，设计皮鞋，烧一手好菜，布置家居更是拿手，点石成金；汪涵读书、研究方言，活成“烟火神仙”；陈道明为女儿捏糖人、面人，给爱人做手工包。他们喜欢把生命浪费在最美好的事情上。而这本身就是一种美好。

我很羡慕身边的几位朋友，他们大多家境并不富裕，却还保持收藏古玩字画、金石玉器的爱好。有的人不论事务多么繁杂，都要抽空栽花种草、养鱼遛鸟；有人在艰涩晦暗的境遇里，吟诗作画、听戏泡茶。他们把乐趣玩成了志趣，对抗着工作的枯燥，疏解着生活的烦闷，浮躁的心安静了、平和了、清凉了，过着银碗里盛雪的日子。

有趣的人参透了风月，拿一颗从容不乱的心调侃世界、调侃生活，把最普通寻常的日子活出了雅致、活出了清欢，他们要的就是：做最世俗的人，聪明绝顶；说最混账的话，情深义重。

有趣，才是在这个世界最好的活法。

第二辑

过日子也是参禅

过日子像在读一本书，一会儿花儿开了，一会儿叶子落了，一会儿下雨了，一会儿天晴了，到手的每一页都慢慢瞧、细细翻。水喝得太急，容易呛着。

喜悦如禅

喜悦如禅。

弥勒佛为何在笑？

欲得净土，当净其心。佛笑，就是让世人开心，开口便笑，笑古笑今，凡事付之一笑，对众生、对万事万物怀有欢喜之心。

于街上闲逛，身边忽地飘过一女子，白皙的侧脸，乌黑的长发，耳间一抹淡紫色的芳华随风而动、摇曳生辉。腰若流纨素，耳着明月珰，真美呀！一副简单精致的耳饰，就在一步一摇间，偷走了人的视线，恍如小巷深处的丁香，浮动着摄人心魄的暗香。

忽就想起了“喜悦”两个字。

喜悦，是檐上青瓦与绿苔日常月久互生的情愫，是万紫千红里赏心的三两枝，是薄雾中的一枝淡荷，是压箱底儿的一封年少时的情书，是尘土飞扬的世间的一片净土，是清清流水抚过的锦瑟年华。

倪萍五十二岁学画，被专业画家认可，备受追捧，她说：“我只是把自己对生命的欢喜，对喜悦的期盼，以及对生活的赞美画出来。”

有了这份喜悦心，她笔下的画才会如此动人。

常品读梁实秋先生的《雅舍小品》。然而，梁先生的“雅舍”不但不“雅”，而且还是一个令人无比烦恼的房子，“有窗而无玻璃，风来则洞若凉亭；有瓦而空隙不少，雨来则渗如滴漏”。邻人的鼾声、喷嚏声、撕纸声、脱鞋声传进耳来，就这样一所破房子，在他的眼里，却是“有个性就可爱”的所在，就连鼠子瞰灯、聚蚊成雷也别有趣味。而他，于战乱之时，抛妻别子，流落异乡，笔下却无半点自怜与悲苦，也许，正是因了他内心的从容淡定，用欢喜心看待人生百味、酸甜苦辣，才能品赏到“雅舍”的月夜清幽、细雨迷蒙、尘世之趣吧。

我天生对那种纯天然的东西没有抵抗力，于是收藏了不少红珊瑚、玛瑙、碧玺、青金石、碧玉、绿松石、琥珀等物件。有人问何用，不言。当它们盘旋于腕上，栖身于锁骨胸前，散发淡淡的光芒，朴素而静美，含蓄而温润，轻触光阴的故事、大自然的味道，一刹那心生的喜悦，便觉所有的花费，皆值了。

每隔一段时间，小鹿姐会寄来快递，小小的纸箱塞满了天目山小香薯、杭州胎菊、临安山核桃、吊瓜子。从银行退休的她，已经不再汲汲于身外之物，她在天目山上盖了小屋，有空就带着自己的小狗去天目山，看瀑布飞流、树木葱茏、鸟鸣花开，她将拍摄的天目山树根九龙图、西湖落叶发给我看，把在街头拐角处拍摄的金黄的银杏和火红的枫叶取名为“西红柿炒鸡蛋”……真是调皮！

小鹿姐年至六十，但她喜悦的心是自在的，有着一份天真和可爱。

在小区上下楼时，看到电梯里婴儿推车中的晶莹剔透的一个小人儿，咿咿呀呀流着口水，干净清澈的眼睛望着你，就不由自主地对他笑了。一个内心干净的人，才得喜悦、能喜悦，我信。

听过一个公案。有一次，释迦牟尼在灵鹫山说法，以心传心，拈起一金婆罗花，意态安详，却一言不发。众僧不解，皆皱眉苦思，面面相觑，唯有迦叶破颜一笑，于是释迦牟尼将禅心传与他。其实，佛祖所传的其实是一种至为祥和、宁静、安闲、美妙的心境，面对高深的佛法，只有面带微笑的迦叶，拥有一颗欢喜心。

凡事看破，自然喜悦。

喜欢“寂静欢喜”四个字。一面心清静，莲花处处开。喜悦，是内心的平稳安静，心只有静了下来，才能领略到最深沉的那份喜悦，看浮世风景，享一人清欢。

整日写文，其实，人生我已谈腻了，每日浇花，扫尘，煮粥，四五点起来去山上看日出，跑几十里路去看桃花，站在冰天雪地里迎接冬日里的大雪，都是对尘世的欢喜。

喜悦，原来是对寻常的日子如此地一往情深啊。

唯有相思不曾闲

相思，是心中藏百花，只待风来吹。

那花，一定是罂粟，是毒，叫人上瘾，是晚来风急雁过伤心，是柴火上落着的雪偷偷藏起的温热，一颗踉踉跄跄跌跌撞撞的心啊，美着，愁着，叹着，梦着，恨着，就是不消停，一刻也不曾闲过。

与阳光和热闹隔绝，一个人静夜里，想她的气息，耳后的痣，眉间的惆怅，半是喜悦，半是疼痛，既热又凉，既快乐又悲伤，待相见，又怕见，心，饶有风情又甜蜜动人。

老来多健忘，唯不忘相思。金岳霖，一生挚爱林徽因，甚至于林徽因去世多年后，已年逾古稀的他，还会在林徽因生日那天一反节约常态，宴请众位好友，怀念林徽因。如此深情的爱，即使他满脸皱纹，她垂垂老矣，他还会记得与她最初的相遇，那个街道的拐角，那天的暖风和花香。

八十一岁的台湾人老夏，患了阿尔茨海默病，很多事情统统忘了，记忆被病魔擦去，记不得孙女，记不得吞咽，他忘记了整个世界，唯独没有忘记他的老伴儿“翠娥”，每天他都要不停地寻找翠娥，确定她在身边才能安心，任何带“娥”字发音的词语，都会被他念成“脆鹅”，常常会说“脆鹅奔月”……老夏说：“这辈子，她嫁我，我讨她，很幸福了。”

成都一对九十多岁的老夫妇，结婚七十多年，一起熬过了食不果腹的岁月，也一起互相支撑着走过人生的挫折和崎岖。奶奶年纪大了，手指因关节炎疼得厉害，无法自己打理长发，老爷爷就每天为她梳头，因为眼睛看不清，每梳一下都会关心地问一句：“梳疼了没？”而老奶奶则每天雷打不动地为眼睛不好的爷爷卷烟。他们携手一生，可觉一生还是太短。

八十多岁的吴爷爷和李奶奶自幼相识，青梅竹马，一直同伴同行，从未分开过，直到去年李奶奶因病住院。吴爷爷腿脚不好，无法陪伴到妻子身边，非常思念担心，于是每日给老伴儿写信，写了上百封“鼓励的条子”：“昨日我强烈要求儿子带我来看你的，见到你疲倦入睡，我只好离开，见到你气色还好，我放心了。冬天没有什么了不起，杭州已经雨雪纷飞了，成都根本不下雪，冬天这一关好过的。开心不到十分，因为你不在身边……”

少年时情动，不过盛夏白瓷梅子汤，碎冰破壁当啷响，若是一时的情动沉淀成了一世的相思，才让人唏嘘断肠。那一种相思啊，虽跋涉千里，却依然宛如初遇。

沈从文与张兆和的第一次邂逅是在胡适的办公室里。张兆和清丽明雅的气质让这个潦倒的书生一见钟情。这一面，沈从文的心里就悄然种下一颗相思的种子，卑微地爱上了张兆和。

有美人兮，见之不忘。一日不见兮，思之如狂。她在操场吹口琴，他就在一旁静静地看，无论她走到哪里，他都如影般跟随，并为她写信：“我用手去触摸你的眼睛。太冷了。倘若你的眼睛这样冷，有个人的心会结成冰。”

“我明白你会来，所以我等。”

“望到北平高空明蓝的天，使人只想下跪，你给我的影响恰如这天空，距离得那么远，我日里望着，晚上做梦，总梦到生着翅膀，向上飞举。向上飞去，便看到许多星子，都成为你的眼睛了。”

然而，张兆和却被他狂热的情书吓坏了，她急得去胡适那里告状，胡适却郑重地对张兆和说：“我知道他顽固地爱你！”张兆和脱口而出：“我顽固地不爱他！”

沈从文的心碎了，却继续以卑微的爱揉搓着内心的伤，为她写下一封封震撼人心的书信：“莫生我的气，许我在梦里，用嘴吻你的脚，我的自卑处，是觉得如一个奴隶，蹲到地下用嘴接近你的脚，也近于十分亵渎了你的美丽。”“蒲苇是易折的，磐石是难动的，爱你的心希望它能如磐石。”

经过四年的努力，他的痴心痴情终于打动了张兆和，如愿以偿抱得美人归。世人再好，也没有她好，他把对张兆和刻骨的相思与爱融进了一行行诗文里：“我行过许多地方的桥，看过许多次数的云，喝过许多种类的酒，却只爱过一个正当最好年龄的人。”

即便是在他生命最灰暗的时候，他依旧给“她”写信，写给他心中的幻影，他的三三、翠翠、小妈妈。在下放前夕，他站在乱糟糟的房间里，从鼓鼓囊囊的口袋中掏出一封皱巴巴的信，又像哭又像笑地对张允和说：“这是三姐给我的第一封信。”他把信举起来，面色十分羞涩而温柔。接着就吸溜吸溜地哭起来，像个小孩子哭得又伤心又快乐。

那时，他已是个年近七十岁的老头儿。

白头偕老四个字，起笔容易，想写完，却要用一辈子的时间。他对她啊，是梅花盼雪，是黑夜盼月，一半温暖的心盼着去焐热另一半心。春风再美，也比不上她的笑，多少年过去了，她一直在他心口幽居，他放下了天地，放下了万物，却从未放下过他的三三。

也想不相思，可免相思苦。几次细思量，情愿相思苦。相思是愁，相思是苦，相思是毒，可这大千世界芸芸众生，若没有相思做伴，人生该有多寂寞啊？

浮世三千，吾爱有三：日、月与卿。日为朝，月为暮，卿为朝朝暮暮。不要害怕老之将至，不要害怕疾病孤独，即便荒草长满了来路，春水映红了桃花，你，依然住在我狭小的内心深处，从未忘记。

尘世中最简单的幸福

人心是不待风吹而自落的花。

读到吉田兼好的这句话时，心像是被鞭子轻轻抽打了一下，美好而悲伤。

世间最难以捉摸的，怕就是人心了吧。见染丝而悲，见岔路而伤，脆弱得如路旁摇摆的野草，风吹雨淋雪覆都会叫人心荡神摇。

岁月多磨，如何相爱的两人，日子过久了，也难免生出罅隙，其实，人生何必如初见，但求相看两不厌。

依着习惯，她烹茶浇花，他熬粥煮饭，一米一蔬，已是隔绝了一切交际，日子平淡得几乎无聊。

他说，好无趣。

她说，那该怎样？

他说，还能怎样，凑合呗。

说完，他烧了热水，灌了暖水袋，塞进怀里给她暖手。

乍见之欢，不如久处不厌。很多时候，比爱一个人更重要的是如何去爱一个人。长长的相处，不如永久的别离。两人相处，能有一份“真”便也难得。何况，亲人之间，无须每句话都要深思熟虑，无论对人对己，坦率坦荡都是一种良好的品质。

岁月极美，在于它的必然流逝。日子每天都是一样的，于清晨里各奔东西，黄昏时分，又回到一个屋檐下。每天又都是新鲜的。过去的不再重来，人们又牵手多走了一日。可终有一天，双手撒开，终究不会再见。

春花，秋月，夏雨，冬雪，应时而过。春风不解心事，人生如飞蓬流转，生命里的珍贵之物，亲爱之人，如豁然掉落的梳齿，一样接着一样，一人接着一人，从你面前消失，山水遥迢，落木萧萧，缘起缘灭，又岂是谁能把握得了的？

人生这盏茶，本就是越喝越凉。世间很多男女，明明说好与子携手，白头至老，谁知半途相弃，没有一句理由，多少爱情，都以花红柳绿开始，秋风画扇结束。

“胡兰成张爱玲签订终身，结为夫妻，愿使岁月静好，现世安稳。”一纸婚书，一生盟誓。即便张爱玲为爱情低到了尘埃里，胡兰成也未曾珍惜这朵开在尘埃里的花，转而移情于十七岁的护士周训德。一段感情草草地结束了，另一段感情酽酽地开始了，岁月静好，现世安稳，终究成了一道令人心痛的闪电。

几十载的岁月里，姹紫嫣红，人世风霜，不断变幻的际遇里，感情无端来去，一来一去乃自然，一起一灭是禅法，偶尔的摇摆和动荡，又何其平常？

佛说，缘深则聚，缘浅则分，万法随缘，但终究，人都求得这样的圆满。

书画琴棋诗酒花，当年件件不离它；而今七事都更变，柴米油盐酱醋茶。世间最长情的告白就是陪伴，爱人在侧，心无尘埃，既然你是我生命里的过客，我是你生命里的路人，何不好好走过这一段时光，不如你做黑天的雪，我做夜里的月，把彼此照亮，将朴素的日子打理得闪闪发光，颐养一段诗意，把灵魂安放于每一个日常，琴瑟在御，莫不静好。

一朝一夕有烦扰，一粥一食有暖凉，一索一取有得失，其实，人生就是手里这一杯热茶水，存一份真情，足以取暖。若是参透了，看破了，才知道，外面山河如何好，终究是好不过心里的山河。青山不老，为雪白头。真爱，或许就是下了一场大雪，一旦经过，便要痴心守到白头。

冷暖交织、五味俱全是生活真味，每个人的心底都有一道伤痕，如这无风夜里沉积的雪花，小心不去碰，慢慢也就覆盖了。想一想，你走过了万水千山，我经过了百转千回，最终我们，还是相遇了，这一刻，所有的辗转都值得。

流光容易把人抛。红了樱桃，绿了芭蕉。相处的时光说长不长，说短不短，春来种花把锄，夏来赏荷听雨，秋来桂花酿酒，冬来红泥火炉。如今，两个相爱亦有共同爱好的人，每日读读书写写字，让内心清雅明亮又深沉持重，流年再寂寞，有你陪我，有我陪你，以文字知心，以诗书解意，何来无趣？

即便老了，待岁月染白了头，你还记得我，我也记得你。一回头，锅碗瓢盆，柴米油盐，这些最平凡的情感恰恰是最珍贵的幸福，在素常如水的日子里，我们轻轻走过，走过细雨霏霏，走过风雪漫漫，一直到走不动的那一天，我们拄拐依杖，在夕阳的余晖下看光阴静静流淌，悠悠百年倏忽。

浅喜似苍狗，深爱如长风，《金刚经》云，过去心不可得，现在心不可得，未来心不可得。今生，也是最后一世，渺渺红尘，人潮人海，只愿你我，心无挂碍，珍存当下，便是尘世中最简单的幸福。

闲话家常

女人在家，开始是妹，后来是姐，最后成妈。每思起这句话来，苦水就咕嘟咕嘟往外冒。

笨聪先生周末赖床，理由无他，无非是肚子疼、感冒鼻塞，我不得不早起，捡起买早点、买菜这些并不熟练的业务，锅碗瓢盆一阵乱响，待一切收拾停当，他才不情不愿从被窝爬起，提水壶浇花，去楼道里抽烟。我报复性地呵斥他肚子疼是不能抽烟的，他说抽烟可取暖、除湿、驱蚊，若三五成群一起抽烟，还可拉近距离拓展关系，利于社会和谐。

都说男主外女主内。但我的字典里是查不到扫尘、烹饪、持家这些的，更别提纺线、织布、女红了，所谓“不仅貌美如花，还得年方二八，洗衣做饭绣花，琴棋书画，还得看孩生娃”，于我更是千里万里，这些业务自然由笨聪先生包揽。我与先生两人一西一东，一秦一鲁，地域差别导致口味迥异，但先生认真学习，不辞劳苦，不仅学会了搓麻食、包饺子、擀面条，且善于举一反三钻研精进，把我钟爱的土豆丝变着花样地做成麻辣土豆丝、酸辣土豆丝、凉拌土豆丝、水煮土豆丝，面的、脆的口感不一，且刀工极好，丝丝如发。

笨聪先生念旧，尤念青岛的鱿鱼大虾。一日购回鱿鱼，整条下锅煎炒，洒下孜然粉五香粉盐巴，出锅，催我快吃。我看着盘子里的整条鱿鱼片无处下嘴，他却急急做示范，把盘子扯到嘴边，用筷子夹住鱿鱼，歪着头张口去咬，孜然、辣子、香油和肉尽数入口，这明明是借机独吞美食。好在我从不吃这样难嚼的东西，看着他贪婪且滑稽地将半条鱿鱼秒杀进肚也不予计较。

居家过日子，春暖花开鲜有，冰冻三尺却为常态。每次吵架，我都会冷笑一声，运用引用、反语、夸张等修辞手法以及挤兑、挖苦、讽刺等毕生绝学，滔滔不绝，唾沫横飞，排山倒海，他不得不且战且退，脸憋通红，狼狈落败。虽然如此，也不能让他心服口服。于是有好事者谏言，某女教夫有方，其夫必早请示晚汇报，毕恭毕敬，从不出其左右，乃备厚礼以求之。

得法如下：有求于人美人计，身体犯懒苦肉计，且要熟练掌握无中生有、浑水摸鱼，树上花开也要运用得炉火纯青，吵架时要虚张声势，看起来强大无比，气势上压倒、慑服敌人。我常常想起黑土说白云的那句，“你用这仨数吓唬了我一辈子”。但笨聪先生毕竟是先生，这些花拳绣腿无论如何是吓唬不住的，设若那一整套拳法使完还不奏效，就只能双手握拳，气沉丹田，直抒胸臆，张开血盆大口，用尽全身力气大吼一声：“滚——出——去！”

先生真的很听话，揣烟摔门扬长而去，在门外熬到冷得顶不住时偷偷溜进家门。在经过了深刻的反省和全面的总结以后，在我使出一招最炉火纯青的狮吼功后，先生开始回呛我：“这是额家，额不滚！”

常常憋闷，终得出差透气七日。初期两人喜形于色，如笼中之鸟飞向蓝天，中期叮嘱吃饭穿衣略显恩爱，后期醋言酸语唇枪舌剑，大有战事升级之态，谁知归家相见，两人都讪讪一笑，自觉惭愧脸红。

亦常讶异于他的“单纯”，他觉得每个笑脸背后都是一颗无比干净清澈的心，你若对他笑，他笑得比你还甜。其实，他又怎知我这个心机女只是深谙了糖衣炮弹强于冰刀霜剑的道理，尤其在需要添置美衣、满足口腹之欲时，清风细雨，花前月下，以谄媚之声得其欣然允诺，思维之缜密，手法之多样，真是“无所不用其极”也！

先生做事以认真闻名。一次参加区朗诵比赛，先生诵读艾青的《我爱这土地》，回家路上揣摩，切菜剁肉举刀诵读，饭后以啤酒瓶当麦，以我为观众，神情专注，反复演习，直至夜半，万籁俱寂，先生依然不放过我这位可怜的也是唯一的听众，狠心推醒尚在睡梦中的我，激情诵读，音似黄钟大吕，振聋发聩，我汗毛倒竖，击掌赞叹。但后来看先生台上铿锵风采，便觉一切皆值当。

曾梦想过我们弄堂听曲、花下煮茶、月下捣衣的日子，奈何世态炎凉，生活千回百转，只能一日三餐，两点一线，折花、烹饪、读诗、写文成了笔下理想国。闲情无处可寄，于是摘葫芦、去皮儿、剖切、制盆、莳花，以铁丝穿吊于空中，或啤酒瓶里养草，泡沫箱里种菜，家里的破烂都变成他手中的宝贝，他右手持剪、左手摘叶，在花花草草里颐养情趣，穿着大短裤、趿着大拖鞋，在清炒、水煮还是蒸炖里抒发情怀。

“山空水弱万枝疏灼，远不如侬清清淡淡的眸，窗外草木美色变幻，予在厨房鼓捣米菜油烟……”

这小诗是他坐在马桶上抽烟时得来，我却喜欢得紧。昨日，先生一人急急去了兴善寺，托熟人打折购置了香炉、檀香等器物，家里顷刻梵音阵阵、檀香袅袅，其音、其嗅绕梁三日不绝，先生合目盘腿、直脊平胸、端然不动，俨然如僧坐禅，我想，那一刻，他必定是心系一处、平静安稳的。

逛早市

通邮巷的早市以菜为主，各路蔬果群英荟萃、各占山头。

早晨六点，摊贩们开始在晨光熹微里摆摊儿支架、卸货整理。随后，老头老太太、大婶大叔们就提着袋子、推着小车出现了，挑肥拣瘦，讨价还价，不一会儿，附近的人们就聚集到这里购买食材。窄窄的街巷摩肩接踵、熙熙攘攘，那热闹的风光让人联想到张择端的《清明上河图》，虽然没有了毛驴驮车、老牛反刍，那景象却更为繁华。

街道两边的支架鳞次栉比，铺在地面的塑料纸、布单花花绿绿，摆放的笼、筐、三轮车、小推车、小货车、大货车等物什各式各样，红的、绿的、白的、紫的、橙的、黄的蔬果色彩艳丽，一捆捆、一堆堆、一把把排列得整齐有序、繁而不乱。卖菜的人有的穿着靴子，靴子上还沾着些泥块儿；有的趿着人字拖，把装满钞票的腰包搭在腹部；有的给摊上放个桶，称完菜，顾客把钱往盆里一扔，多方便！

但买菜的人最头疼的是找零，一百元大钞递过去，一把皱皱巴巴的毛毛片片递回来，清点不方便，装口袋也是鼓鼓囊囊，于是一些摊贩与时俱进，将微信二维码塑封，放在摊上，顾客对着二维码一扫，手机“叮”地一响，微信支付精确到分，钱立马到账。

来逛早市的人对于今天吃什么本是没有主意的，但到了菜市场，看到这水气蒙蒙的大西红柿、顶花挂刺的黄瓜、愣头愣脑的紫茄子、白绿相映的大葱、个大皮黄的土豆，做什么菜就一下子了然于胸了。你看这空心菜水张牙舞爪地支棱着枝叶，挑上两大把，回去弄点蒜末儿，用热油一翻炒，就跟小媳妇儿一样低眉顺眼了。还有脆嫩的豆角，碧绿的菠菜，细嫩的芹菜，都是饭桌上的主角。

卖豆瓣酱、豆腐乳的隔几天来一回。豆瓣很香，酱成一疙瘩，用勺子挖到袋子里，豆腐用腌好的白菜叶包着，方方正正，飘着酱香，把人诱得口水直流。陕西人爱用烧饼或热馒头夹着吃，一口咬下去，馍和豆腐乳的酱香混合在一起，不由得多吃一个馍，简直是人间至味。

一辆固定停在街角的卖水果的大货车，车挡板掀下来，防雨布揭开，露出满车厢的水蜜桃。桃堆得尖尖的，老板把纸箱子撕下一面插在桃堆上，上面写着“比小三蜜，比情人甜，两元 / 斤”。看你凑到跟前，就用小刀切一块儿递到你手里招徕：“尝一下，甜不甜，不甜不要钱。”称了三斤，临走了，他还对你说一句：“吃了桃，核不要扔，可以穿起来做手串。”

立秋一过，人们开始“贴秋膘”，猪肉铺子生意火了。电灯把顶棚映得红彤彤的，案板上的猪肉白里透粉，老板的皮围裙油光锃亮，你只要往跟前一走，他那尖刀就熟练地在磨刀棍上“刷刷刷”一磨，做出要切肉的架势吆喝：“来几斤？”“咋卖？”“排骨十九，五花肉、前蹄带筋儿十六。”你说来两斤，他在肉扇子下刀，装进袋子，往称上一扔，不多不少，刚好两斤。

几位大婶大妈蹲在小摊前挑拣青菜，净挑那些碧绿细嫩的菜，有些左手拿菜，右手还利索地摘掉稍黄点的菜叶，老板急得直喊：“不要挑，不要拣，齐抓！齐抓啊！”

莲藕肉肥质嫩，三块五一斤，估摸从水里挖出不久，还带着些湿泥。“身处污泥未染泥，白茎埋地没人知。生机红绿清澄里，不待风来香满池。”世人偏心，都赞莲花美，却不知藕生在水下，不见天日，却托起了水面清圆。秋凉时节，莲荷花谢枝残，白生生的藕藏于淤泥之下，踩藕人水下作业，饱受寒凉之苦，只有心爱的姑娘为他歌唱着：“秋水绿，秋水凉，崴藕的哥哥下荷塘，黑黑的哥哥崴出白白的藕，一棵一棵漂水上。凉水冰着哥哥的身，船上的情妹疼得慌……”

我确是爱藕的。一弯西子臂，七窍比干心，夏天赏荷，秋天吃藕，我喜欢把藕洗净、切块，和排骨炖了吃，肉烂、藕糯、汤鲜，清淡又味儿美。

一位年轻人手里拎了大大小小六七个塑料袋子，胡萝卜、茄子、青椒、白菜、牛肉、鱼，碰见熟人打着招呼，说周末朋友来家做客，要整点小酒，亲自动手炒几个小菜，这样吃得舒服，又有气氛。

芹菜一块五一斤，土豆两块一斤，西红柿三块五一斤，毛豆齐抓两块五，大枣六块一斤、两斤十块，黄瓜三块，茄子两块，香菜一块五一两，豆腐两块，萝卜一块五，葡萄三块，小白菜三块钱两把，玉米五块钱三个，鲳鱼十六块一斤，鸡腿七块一斤。一个小货车车厢里放着又红又长的大红薯，牌子上写着“临潼红薯，干面无丝，两元一斤”。

新核桃也下来了，街巷出口处支了辆自行车，车后座左右两边挎了两个大笼子，装满了褐色的薄皮核桃，有一两个夹好掰开的，露出嫩而白皙的桃仁，立在核桃堆的纸牌儿用红笔写着“纸皮核桃，九元/斤，不夹八元”。惹得一些已经采购完毕离场的人又顺手捎了一两斤。

逛累了，就把买的物什往桌边一靠，吃些早点。油条配豆浆，油条刚从油锅里炸好，用长筷子捞出来放在笊篱上，又酥又脆；热豆浆白稠香甜，端起碗喝一口，上嘴唇就长出了“白胡子”。若是来两个牛肉粉丝儿和茄子豆角馅儿的包子，喝上一碗油油的小米稀饭，就更滋润了，这时候，你再瞟一眼旁边这堆在一起鼓鼓囊囊的大袋小袋，心里那成就感“蹭”一下蹿了上来。

古龙讲：“一个人如果走投无路，心一窄想寻短见，就放他去菜市场。”我觉得的确是个好主意。这一字一句的吆喝叫卖、一分一毛的讨价还价，粗朴简单又热切真实，飘荡在空气里的市井气和烟火味儿，叫人的心一下子就明亮起来。

有时看你，有时看花

无念，即入了百花深处。

一杯茶，一碗饭，一亩田，一荷锄，院里挖池，池里养鱼，弃了热闹，抛了繁华，煮饭，制衣，洗头，化妆，菜刀剖西瓜，纤手破新橙，日子以净以素，与生活相欢。

我的世界也简单，养木，独行，望月，挂画。

我听风。风从来的方向来，风流浪，风叹息，风欢喜。

雪本无心。妙玉将藏了五年的雪，煮茶给宝玉喝，因为，宝玉懂雪，只有他知道雪的暗香。

午后，于窗前展纸，你提笔，我磨墨，一横一竖，一提一顿，写流年似水，画斑驳光阴，檐前老树一株，浓荫覆窗，人面俱绿。

逢雨，于花藤架下落座，嗑瓜子、说闲话，那些叫人脸红的话，都被风、被花听了去，你眉眼干净、面目澄澈，我看你，只管笑。

你在时，我仰头看你。你不在时，我低头看花。

这花开得太吵，这一朵开了，那一朵也开了，红的开了，黄的也开了，白天开，晚上也开，花气熏人。有时，还招惹来一些蝴蝶与蜂，采花弄粉，嗡嗡嗡地飞来飞去，真不知羞。

而我，寻一处最空的地方安坐下来，在阳光里翻翻书，哼哼曲儿，清风徐来，心骨奇清，觉万事皆好。

这一世，除了你，只向花低头。

越来越安静了。愿把自己活成你身旁的一棵树，任云卷云舒、叶生叶落，乐不自狂，伤不沉沦。人来，或人去，全无挂碍；人悲，或人喜，皆是合宜。

在一寸寸老去的光阴里，我将收集的花香一沓沓装订成册，每日看花，也看你。

朝颜

常常在荒废的庭院里看见她。

在浓深的秋色里，于竹篱缠绕，于老木纵横，于青瓦攀缘，薄薄的紫蓝的花片舒展着，流畅地铺开了去，那种形单影只，寂寞孤独，干净雅致，都入了骨。

她一开，秋意就增了十分。

人们夏养荷，秋赏菊，冬扶梅，春种海棠，似乎没人注意过她。她不赶也不急，等人家离去了，她才慢悠悠地开了，展展花瓣，抻抻细梗，在时光中轻颦浅笑，那种清简静美，恍若万事皆可忘却。

其实，那些热闹，本是身外之物。她不争，也不屑。

“凡是紫色的东西，都很漂亮，无论花或是丝绸的，或是纸做的。”

热烈的红与冷静的蓝的契合，还有谁能比她更高贵呢？除了清少纳言，那个有紫色气质的女人，一如她的文字，纤巧任性。

在她眼里，世界上最高雅的东西就是“淡紫色的衣，外面着了白袭的汗衫的人”。

落落庭院，纳言将夏天的帷帐下端搭在帐竿上，穿着白绫单衣，外罩二蓝的薄罗衣，在那里习字……

这破落的庭院，因她的存在竟然生动起来。

世上若有一株植物，自己寂寞，却让人觉得温暖的，就是她了吧。

你看，这么多只脚从身旁的水泥路上走过，杂草里的朝颜，又有几人在意？

不免惆怅。只有把自己紧紧缩成一团，蜷缩在自己的世界里，比寂寞无奈，比无奈断肠。

活得久了，总是有些话想说的。但又怎样，有些话，你说了，别人也不一定懂的。

有朝一日，若有一人踏着秋天早晨的露水，迢迢而来，推开门，门内有她，来人不发一言，默默赏花，那一刻，此花开在此人心，就是素心花对素心人。

清夜寂寂，素瓷静递，观花不沾襟，爱物不执着，赏一朵花，又岂止那么容易？

若无累世修行而来的因缘，只要在赏花时，怀一颗慈悲、温柔的心，就是她的菩萨了吧。

过日子也是参禅

岁月愈来愈厚，日子越过越薄。

你的思想在天上，日子把你拉到地上，不论你心气儿有多高，日子都让你无限度地低下去，你想的是琴棋书画诗酒花，过的是柴米油盐酱醋茶，吃吃喝喝，洗洗涮涮，挣一分钱，混一口饭，好了笑笑，坏了闹闹，过成了粗茶淡饭，柴米油盐，人间烟火。

日子，不是棋盘上的格子，规规矩矩，方方正正。本以为它会热闹非凡，谁知却寂寞入骨。失眠时瞪着天花板，病了强撑着上班，不管门外雨多大，犹豫一下还得往里钻。

在日子里，人就是被生活一棒子打晕的鱼，懵了、累了，还得挣扎、扑腾；没有拥抱，也要微笑。天寒地冻，谁不是咬着牙往下走；满路泥泞，谁不是开弓没有回头箭；人生苦短，谁不是按着心痛强装笑颜。

人活在日子里头，是风雪夜里赶路的人，谁也不知道何时才到终点，走走，停停，歇歇，一会儿一个跟头，一会儿一个趔趄，日子把你撂倒，让你摔跤，你还要拍拍屁股，掸一掸土，恭敬地对日子说声“对不起”，然后继续深一脚、浅一脚，磕磕绊绊、踉踉跄跄往前走。走啊走啊，疙瘩路走多了，也就走顺了。

有人问禅师：“和尚修道还用功否？”师曰：“用功。”曰：“如何用功？”师曰：“饥来吃饭，困来即眠。”过日子就是参禅，晴天丽日是禅，清风徐来是禅，无声细雨是禅，白雪皑皑也是禅。

冬天走了，春天来了，一季又一季，一天又一天，把泪水憋回去，把汗水抹下去，把苦水咽下去，一边熬夜、纵酒，一边保养、进补。那些想不通的事，睡一觉，就过去了；那些放不下的人，一杯酒，就放下了。日出日落，该吃吃，该喝喝，该干活干活，万里江山化成一声浅笑，生活简而又简、淡而又淡。

日子里的爱恨也真，没有一丝的虚无缥缈。你跑到他面前问他爱不爱你，他头也不抬嘟嘟囔囔“谁爱你这样的臭脾气”，出门却记得给你包里塞袋奶。你饭吃得少了，他摔碟子摔碗，你生气地对他喊“滚”！他揣包烟硬气地对你吼“滚就滚”，下午滚出去，晚上又滚了回来。这个人哪，洗碗和你吵，盖被子和你吵，走路快了慢了也和你吵。有一日，没有他和你吵了，你会觉得空虚得要死。

爱情的沙子，积累成石子，堆成了房子，取名叫日子。日子里的故事没有小说里那么圆满，兜兜转转，分分合合，到最后花好月圆。如何相爱的人，本以为地老天荒，一转身就万水千山。所以呀，人不能求太多，赶夜路回家，所有的灯都关了，只有给你留的那盏灯还亮着，就够了。

日子就是这样，有时开心，有时生气，有些小小的无奈，小小的欣慰，小小的遗憾，意料之中的生活里常跳出一些意料之外，每日都有一些欠缺，每日也都有一些快乐，然后带点满足睡觉，带点欠缺工作。

世间所有的盛宴都会散场，所有的人世沧桑、人情暖凉都要一一品尝。只是，日子的计量，从年月日算到时分秒。曾经来不及认真地年轻，如今只能认真地老去。

醉吟先生语："食罢一觉睡，起来两瓯茶。举头看日影，已复西南斜。乐人惜日促，忧人厌年赊。无忧无乐者，长短任生涯。"过日子像在读一本书，一会儿花儿开了，一会儿叶子落了，一会儿下雨了，一会儿天晴了，到手的每一页都慢慢瞧、细细翻。水喝得太急，容易呛着。

过日子少了些海阔天空、山高地远，多了些锅碗瓢盆、家长里短，有点俗气，有点烟火，但够鲜活。饿了一碗饭，渴了一杯茶，病了一粒药，看得见流水，听得见鸟鸣，只闻花香，不谈悲喜，喝茶读书，不争朝夕，好日子一直在前头。

岁月静好，不及内心安好，哭一辈子，笑也一辈子，不如笑笑。

细节是生活的天籁

他脚形宽大，挑鞋。她用心记下他的脚围，每次买鞋都跑遍商场，用软尺细细量，找同样鞋码里宽阔舒适的鞋子。他穿上鞋，跺跺脚，什么也不说，但他知道她的好。

她爱吃茄子，他变着花样为她做茄子。夏茄子香嫩，他给她清炒、油煎；秋茄子蒸着吃，出锅捣瓣蒜，切点辣椒丝，柿子醋一倒，地道的蒜泥蒸茄子。她心里也知道。

粗枝大叶固然可爱，温柔细腻却更让人如沐春风。

“如果我爱你，而你也正巧爱我。你头发乱了时候，我会笑笑地替你拨一拨，然后，手还留恋地在你发上多待几秒。

“但是，如果我爱你，而你不巧地不爱我。你头发乱了，我只会轻轻地告诉你，你头发乱了喔。”

这是多么细腻而适当的一种情愫呢。

看赵孟頫的《深秋帖》：

“道升跪复婶婶夫人妆前，道升久不奉字，不胜驰想，秋深渐寒，计惟淑履请安。……

“不宣，九月廿日，道升跪复。”

帖本是赵孟頫亲笔题写，落款自然也不由自主写上自己的名字，却又觉得不对，赶紧改为妻子道升的名字，这涂改之间，足见夫妻情深。这样的细节，想想也是够浪漫的。

其实，生活里，哪有那么多惊天动地，有的不过是一个个细枝末节而已，这浓浓的人情味儿，饱蘸着对尘世的热爱，让日子变得生动而温润。

俞平伯在文章里引用他夫人的话：“从今往后，我们要认认真真地过日子。”季羡林看到了这句话，做了如下解释：“言外之意就是嫌眼前的日子过得不够仔细，所谓仔细应该是：多一些典雅，少一些粗暴；多一些温柔，少一些莽撞；总之，多一些人性，少一些兽性。如此而已。”

而季羡林自己就是个荷痴。他在朗润园的池塘里种上了荷花，每天都要去看几次，不怕辛苦和麻烦，直到荷花终于长出叶子来。他在家里养猫，并将猫当成自己的家人，与它们同吃同睡，猫生病了他也吃不下，猫死了，他心里也异常难过。

王小波讲：“生活是天籁，需要凝神静听。”说得多好。月下看花，花还是那朵花，只是有了月光的衬托，才有了遗世清丽的好情调、好风光。

年近八十的老太，银发苍苍，却戴着大红的贝雷帽，背驼了，还穿着平整的米色日式风衣，露出洁净的小腿肚，手提香奈儿小皮包，脸上的每道皱纹都绽着花。

看侯孝贤的电影，台词不多，想说的话却都在画面外。他拍《海上花》，影片里的烛台、胭脂、烟枪、华服、骰子、器物……一个个细节让人体悟到一份诗意的属性和沉浮的怅然，营造了无限颓迷的意境，而这种意境恰恰是他的影片独有的腔调。

猿乐演员、剧作家世阿弥在《风姿花传》中论述过，一个演员在台上动作定格的时候是最传神的："动十分心，动七分身。"咫步间的招式才让能量达到饱和。

让每件事物变得美好，是一种能力。焚香，品茗，听曲，赏雪，酌酒，莳花，寻幽，抚琴，养猫，驯狗，遛鸟，读书，旅行，烹饪，每一个细节，都是灵魂的抚慰。恰恰是一个个细节，在治愈这个世界，让人感觉到自己在生活，而非生存。

周末，买一枝花苞，以水饲养，铺上新的桌布，等待它盛放，然后洗一个澡，煲一锅汤，以极致的仪式感取悦自己，把日子过得别致有趣，心情一下子就亮了。

日子要过成灰色

薄瘦的日子，得小心地一页页慢慢翻着看，生怕风一吹，就一下子翻完了。

不要炫彩，日子要过成灰色，像时光里珍存的老照片，有苍凉，有温度，淡淡的，却天长地久。记忆深处，是相逢的暖。

声音好听的男子，本就魅惑，那高高低低、起起伏伏的回环吁叹，像是空中飘来的磁铁，吸得你不能动弹，无疑，我是着了这个魔。

然而，两人往下走，不是相敬如宾、举案齐眉，只有无法颠覆的日常琐碎，不得不一再换位，寻找最合适的位置，尝试、磨合，再反复。

写什么诗？为什么文？那些深奥的、抽象的、文艺的东西，让能人去写好了，我们，只来讲上顿下顿、柴米油盐。

不知不觉，成为彼此的小孩，一会儿吹胡子瞪眼，一会儿亲密无间。

有什么办法呢?

这家里上下，猫儿狗儿都使性子，花儿草儿也都由着自己的性子开，也只有我们，可以乐呵呵地做彼此的随从，听候对方的调遣。

青青子衿，寻常巷陌，似水流年。一日两人三餐四季，闪着前世的暖与凉。时常恍惚，这日子呀，不就像他手里那根香烟吗？未燃时的烟草香，是迷人的，一旦燃烧，便是灼燥的呛，呛得人流眼泪。

一扇门，轻掩，苔痕上阶绿，草色入帘青，是诗意；推开，或许是蛛网罗布，满地狼藉。日子又长又短，珍惜尘缘，也就把这每一天，都安排好，都细细过。

择雨天，去南湖看荷，千万雨珠子箭矢般扑入湖水，我趿一拖鞋，曳着水墨碎花长裙，撑伞行于桥上，一群人在亭里躲雨，躲雨的人看着这一塘青荷。

圆圆的荷叶恰似翡翠托着珍珠，荷花粉红，荷梗修长，举着艳若桃李的荷花在雨中娉婷。一个调皮的小孩子撅着屁股，折了一张伸到河堤上的荷叶顶在头上，却遮得眼睛都看不见了，走路摇摇晃晃的，惹得旁人嬉笑起来。

一阵激雨，荷梗之下，群鱼浮现。此时，湖面苍茫，满目青山，荷叶婷婷，几只白鸟掠过，简直就是一幅趣味横生的天然水墨画。

曾看过张大千的金丝荷花、沈周的工笔荷花，但还是喜欢八大山人的水墨荷花，如矿出金，如铅出银，叶浓花淡，机趣自然，极简极纯，一笔笔写去，万豪齐发，干湿浓淡，一任自然，水墨不言，那种空寂、清凉却透画而来，有一种不可说的禅意。

渐渐知道，色彩是随着年龄走的，到了年纪，才会与灰色纠缠不清，如同品茶，初品寡淡，不知好在何处，时光荏苒，待你尝遍了世上的甜饮与烈酒，你会坐下来，慢慢消受那一杯淡淡的茶香。

小津安二郎在五十九岁撰写的日记中表达了自己的生活感慨："山谷中春天已至，樱桃花开如云；但是这里，凝滞的目光，秋刀鱼的滋味——花儿也忧郁，清酒的味道也变得苦涩。"

以前喜欢宏大的叙事，跌宕的剧情，而今，《东京物语》《秋刀鱼之味》一遍两遍地看，冷峻，悲凉，沉静，克制，平静的生活和细腻的抒情，褪去了火气和燥气，成了硬币的冷银，慢慢感受和品尝那种"秋刀鱼"的人生况味，那种苦涩、忧郁，也只有人到中年以后才能体会。

本来就是如此，人生风景，一层又一层，每个转折，包含了太多丰富的意蕴，如黑与白的渐变。

黄永玉的文章里写，一代名士张伯驹在西餐厅独自用餐，用完餐，从口袋取出一条小手巾，将涂上果酱的几片面包细细包好，缓缓离去，为妻子潘素带回。

这画面，感伤而温暖。此时的他，其实不是名士，只是潘素的老伴儿。

读这文章时，先生刚刚把鱼鳞刮干净，清水洗净，姜丝，萝卜丝，大料，一同放进蒸锅，为家人炖鱼汤。

电视里，一个叫叶炫清的十九岁的女孩子在唱着木心的《从前慢》：

从前的日色变得慢

车马邮件都慢

一生只够爱一个人
从前的锁也好看
钥匙精美有样子
你锁了
人家就懂了

秋天该很好，倘若有你在场。买菜、做饭、逛街、打牌、散步，日子一成不变，但最终，变成一张灰白的老照片，定格在记忆的墙角。

白纯束，美如玉

玉玩得久的人，心灵会愈发浑厚，眉目间会闪出慈悲安详的光。

金，太张扬；钻，太炫亮；唯有玉，从深山走来，静而无躁，含蓄包容，清澈宁人，清丽柔婉，温润低调，含蓄素净，清简睿智……它配得上一切美好的词汇。

若将玉比人，有的女子如一粒璀璨夺目、光芒四射的钻石，而我更欣赏那玉一样温柔、内敛、慈悲的女子，如江一燕，不招摇、不夺目，安守一隅；我也独钟情民国时代的张爱玲，是疼痛岁月里散发的一抹幽幽冷香，或是岁月风尘里一截坚硬的傲骨。

玩玉，我只是刚刚入门，但这丝毫不影响我对玉的喜爱。

在街上、路边或是茶座，看见戴玉的人，就不由得多留意几眼，有时也会主动上前和人攀谈，问这玉的来处，也会加上微信，相互交流一下养玉的经验。

玉在山而草木润，玉在河则河水清，玉石养生，有益无损，我觉得，每个女人都该有一块温和、润泽的玉做佩饰，日久天长，玉的色泽通透饱满，女人的气质也化育养成。

“彼其之子，美如玉，殊异乎公族”“白纯束，有女如玉”“丽华秀玉色，汉女娇朱颜”，《诗经》、李白的《南都行》都用“玉色”形容女子之貌美，而讲女子冰肌玉骨、颜美如玉这样简单直白的话，我亦觉得十分妥帖。

女子优美的曲线，细腻温润的个性，像是白玉雕成的花树，出于尘世却不染风尘，巧笑倩兮，美目盼兮，那种冰清玉洁有着自然天成的尊贵与高雅。

从不在琳琅满目的商场柜台去购买标着高价甚至天价的玉，总觉着那样少了些许意趣。喜欢去朱雀、西仓、书院门等古玩市场去淘一些宝贝，寻找自己中意的东西，一边品鉴岁月走过的蹉跎与沧桑，一边考验自己的眼力，别有一番情趣和韵致。

黄金有价玉无价，只要是自己心尖上的东西，千金难买。

认识一位玉匠，叫莫老爷，但实际上是一位年轻的后生。你拿几件玉给他鉴赏，他都会说，我只做桂林鸡血玉，其他玉，我不懂。他从龙胜购毛料，回来加工，售玉，在桂林市开玉店，价钱公道，从不说同行一句不好，也不去贬低其他类玉石。

我在一块块毛料里挑选属于自己的那一块。桂林鸡血玉，鲜红为上，可我偏偏喜欢清透的纯白里凭空惊现一丝绿意的那块，像是白云里掠过的一道竹影，天空飞过的一丝鸟迹，可爱至极，我在手心掂量着，轻重合适，冰凉、清脆、柔滑的手感着实让人着魔。

也许，在各种玉里，桂林玉不是价格最昂贵的，也不一定是品相最好的，但我甚爱它的皮相、光泽、棉絮和白玉有瑕的天然，我痴迷于这些来自岁月的痕迹，甚至每一个裂纹，都蕴含逝去的时间，那种温润素净、低调不奢华的端庄大气，让人心里长久地觉得舒服、踏实。

接下来，这块玉料将经过切割、琢形、雕刻、抛光等工序，历尽千难来到我的面前，链子上的玉豆珠圆玉润，雕刻的菩萨慈眉善目低首拈花，通体细腻光滑，白底飘花，玲珑剔透，简直绝美。

白落梅说："其实每块玉都在寻找它真正的主人……"玉是有灵性的，你喜欢一块玉，并能最终得到它，说明它与你有缘，这是玉缘，然后，缘定今生，永世不离。你一遍遍把玩着，她不言不语，却在用灵魂和你对话，而你，内心舒朗空阔，无欲无求，淡然微喜。

北方有佳人，绝世而独立。一顾倾人城，再顾倾人国。那说的是女子，也是玉，不然，那种含蓄温婉、顾盼生姿的神韵，还能是谁呢？

谦谦君子，温润如玉。男人喜欢亭亭玉立的女子，女子也钟情玉树临风的男子，自古如是。"月移花影动，疑是玉人来"，月光偏转，花枝摇曳，那环佩叮当的莺莺不就正在月下等她那如玉的妙人儿张生吗！

古之君子必佩玉，君子无故，玉不离身。我疼惜每一块玉，洗澡、摘菜、做汤时都要取下来放好，唯恐磕碰，我信，我护着她，她也会护佑我。

玉养心，所以玉养人。爱玉的女子，不一定是漂亮的，但一定是优雅的；不一定是温柔的，但一定有着自己的仪态，端庄、含蓄、大气、清澈。

贾平凹老师讲:“好女不戴金。”“玉和女人是一种互相涵养的关系。那么有隐忍魅力的美玉，必然配有内在魅力的女人。”见这话，竟觉遇到了知音，更是坚定地爱玉了。

那沾染着前世的一丝清寂和孤凉的，就是我，就是我呀。

守住一个人的精神风骨

人不管到了哪个年纪，都该有点风骨，要有所坚守，不管是清高、孤傲，或是别人眼里的偏执。

坚守的意思是：所有人都走了、全撤了，只有他还守在那儿，不折不弯、一如既往。

钟会取得功名，终于有了底气去见曾经敬畏的老师嵇康，于是锦衣华服、浩浩荡荡来到洛阳城外。谁知，却见嵇康和向秀正在打铁！

两个人一个抡锤，一个拉风箱，叮叮当当，有条不紊，配合默契。然而，面对钟会这么大的排场，嵇康根本没有正眼看过一下，继续叮叮当当、心无旁骛地打他的铁。

如此漠视，对钟会简直是极大的侮辱。钟会恼羞成怒，终于找机会向上参上一本，构陷嵇康，欲将其斩杀于洛阳东市。

刑场上人山人海，嵇康始终没有表情。许久后，他抬头看了看太阳，对他哥哥嵇喜说："把我的琴取来吧。"取琴坐下，指拨琴弦，琴声细腻悠扬，刑场悄然无声。

弹毕，他说："过去袁孝尼他们多次要学，都被我所拒。《广陵散》于今绝矣！"说完，从容就戮。

嵇康一生，狂放旷达，懒散自由，是其性格硬伤，亦是其本色所在。但他鄙视强权富贵，死而不倒的倔强，面对生死的洒脱，却叫人印象深刻。

“时见幽人独往来，缥缈孤鸿影。拣尽寒枝不肯栖，寂寞沙洲冷。”

想一想，一个人和其他人本无区别，只有多出来的这一点儿偏执，才是他自己。

一个人最难得的就是那份自信和傲骨。哪怕全世界的花都枯萎了，她的内心深处，一直盛开着一朵花，从不凋零，即使有一日成了一枝残荷，但其灼灼风姿还在，硕硕风骨还在。

帝尧在位的时候，他率领许姓部落在今天的行唐县许由村一带活动，见到了贤人许由，便想传位于许由。许由认为这是对他的一种羞辱，便到颍水河洗他的耳朵。

“青春都一饷。忍把浮名，换了浅斟低唱。”当身无长物时，坚守清高，便是最后的尊严。

清高，是不为五斗米折腰、归隐田园的陶渊明，是钟情山水、一心向佛的柳宗元，是“天子呼来不上船，自称臣是酒中仙”的李太白。

当然，清高不是目中无人，不是自命清高，只是，清高者都有一点小固执、小性格，有一点“不买账”的劲儿，有着“一箪食，一瓢饮，在陋巷。人不堪其忧，回也不改其乐”的精神和风骨。

扬州八怪之一汪士慎，其画有“师心”“师自然”之风格，自知“自笑成孤调，难堪入尘世”，但还是清高自笑，不随波逐流。六十七岁双目俱瞽，仍挥写狂草大字，“盲于目，不盲于心”，署款“心观”。

他性格疏淡，“蓬窗”小屋，布衣蔬食，品茗读书，写字作画，门庭冷落。他的书法清奇孤绝，他的一生也如他的《乞水图》那样，雪水煎茶、不染世俗，他孤傲清高的品质如一朵老梅，霜雪加身，铁干铜皮，老得不能再老了，依然一开千年，不失清丽之姿。

不可否认，世界是个大林子，不乏人云亦云、随波逐流者，那些圆滑周全、八面玲珑、左右逢源的人或许混得不差，但终究少了些许真诚和可爱。何况，人一世故，精神就萎缩了，自然会变老。

凡心所向，素履以往。坚守自己内心的人，灵魂站立，是烈火烹油、鲜花着锦，是铁马冰河、灞桥风雪，人到老还怀揣梦想、硬气清朗地过生活，即使身无一物，眉目间却是落花缤纷、顾盼生辉。

风骨，是一个人的山水光阴、风物烙印，多年以后，岁月老了，其坚守的那份香气还缠绵于世，铁骨铮铮，令人心生敬意。

愿你衣襟带花，心有芳香

元旦节前，延茹给我发来消息：“你地址没变吧，我要给你寄个好看的。”

过了两天，果真收到了一样礼物——一把带着湿气的花枝和一小瓶营养液。花枝的包装盒上写着“六出花”。

没听过这个名字，就百度了一下，才知它原产智利，茎和叶像百合，花像杜鹃和水仙，花瓣宽而舒展，色泽亮丽，也叫水仙百合。

收到花后，她又发信息，特意叮咛我，要斜剪根，要摘掉一些叶子防止争抢水分，花瓶水不要没过叶子，不要暴晒，正常取光即可，每三天一换水。对我这样完全不懂养花的人来说的确是很实用。

一朵忽先绽，其余次第开。那一束先是零星地冒出了一些黄色的骨朵儿，晚上睡觉前，有一朵粲然开了，橙黄色的花瓣顶着红色瓣尖儿，水红色花蕊一簇簇伸出来，像柔嫩的小手召唤你，可爱极了。第二天清晨，所有的花竟然“哗”一下全都开了，繁花锦簇，朵朵招展，即刻心情大好。

此花并非寄自延茹所在的鲁地，却是她从昆明为我购得，江南无所有，聊赠一支春，延茹的心意也是好看的。鼻子凑近了去闻，却毫无香味，好奇异，让我想起“真水无香”四个字。

六出花的花语，是喜悦与期待相逢，也是友谊与健康的象征。我曾说，气味儿相同的人，隔着八丈远，也能闻到彼此。

最初，是在一篇文章的作者简介里看到延茹的。相信那张照片不只吸引了我一人，初夏的柳枝随风轻拂，她站在树下，紫衣褐裙，怀抱书卷，朱唇素颜，眉眼低垂，笑窝浅浅，黑发束于脑后，宛若仙子般娉婷优雅。我见很多人都不客气地把这张照片拿去给自己做头像。

延茹当时说，康娜，我喜欢你的文章，想和你交个朋友。我说，我喜欢你的美貌，也想和你聊聊。两人大笑。

待后来，我去济南出差，见延茹本尊，果是气质翩然的妙人儿。随后，她又为我和我的朋友销书寻找门路，为一些朋友的事情四处奔走，她是个把情义看得比什么都重的人，所以对朋友随意的一句托付都会不遗余力。她说，认识我，是三生有幸。

她是这个世上心有花香的女子，芬芳自己，也芬芳他人。其实我心里想，认识她，才是我多少年修来的福。我们都在各自的生命洪流里明月皎皎，细雨蒙蒙，也风雪漫漫，但我们这样气味相投的人终会相逢。

去年，延茹和家人来西安，我仓促接待。秋阳里我们在古城墙上骑自行车，细雨里举伞游大雁塔，我带她去回民街夜市吃烤肉、泡馍、糖葫芦、蜂蜜凉粽，带她回蓝田老家看我出生的地方。她走时，我什么也没有顾上带，她却是给我和家人从衣物、面膜到肩颈按摩器，一个也没有少。

延茹闲不住，前阵子开了一个酒楼，叫“溢歌海码头”，正在筹备装修。我向肖云儒、周文敏等陕西作家和老师们求了题字，延茹高兴，却不知怎样感谢，便说等开张了，向所有的陕西客人免费供应海鲜。我说，你真的不像生意人，她笑。她开店，真不为钱，喝茶、赏花、围炉、会友、闲聊，有客与客同乐，无客我自取乐，寒迁暑流，迎来送往，怕是她的乐趣所在。

延茹爱读书，尤爱三毛、贾平凹和梁实秋的文章，她在读书里修行，不断去除内心的杂草，让心如月，皎然纯洁，平和安静地与自己相处。她写的文章也有真味儿，朴实、不做作，我甚是爱读。虽然她已是不惑之年，依然面容鲜艳，有着孩子般的天真烂漫，这也不奇怪，若有诗书藏于心，岁月从不败美人。但也不知她前世是修炼了多少年，今世方能出落成如此端庄落落的女子，娴雅大方，明净出尘。

延茹活得任性，做什么事都是说干就干，如此率性自在，是因为她内心的从容坦荡。

如今她在阳信小城的小洋房也装修好了，房内购置了优美典雅、古色古香的红木家具，屋外是一个小院，她拍照给我，让我赶紧过去。照片上的小院，绿藤已爬满篱笆，秋千架在空中悠悠荡着，清风摇草，白云飘荡，我内心蠢蠢欲动，还是强摁住了，告诉她春天一定过去。我近期临欧楷，小有模样，于是班门弄斧写字寄给延茹：“山翠自成微雨色，石泉流出落花香。”我觉得这样的意境，正适合她和她的小院。

工作忙碌疲劳，就想着待来年春天就去延茹的小院，那时阳光正好，微风不燥，春暖花开，鸟语花香，我和延茹在小院，泡一杯清香的绿茶细品，闲庭信步，看云卷云舒，花开花落，读清风朗月、岁月悠悠，阳光懒散地打在枝叶上，我们对酌青山，闲话家常，一定无比惬意、快活。

冬季干燥，延茹又遣人寄来了几箱秋梨膏和梨醋，她一再说，不要忘了给爸妈尝尝啊。黏稠的梨膏，我取了三勺，放进玻璃杯，温水注入，搅匀，还有梨的清香味儿，酸酸甜甜，滋味极好。想到这个年纪，茫茫人海里两个人的忽然相遇，涕泪欲至。

我和延茹都经历过很多事情，在最关键的时候，或许没有互相陪伴，也未必能够伸手援助，但我们惺惺相惜又和而不同，内心存着美好和善意互相温暖，信任和依恋之情的滋长如涓涓细流，于是，我又拿起毛笔，蘸墨，一笔一画写下："相见醺然，不见亦醺然，君子之交，其淡如水矣。"

第三辑

人间草木心

门内养木，是谓闲，人在草木，心有余闲，才是人间自由人。

杨村琐记

“玉之类者曰求，其次曰蓝。盖以县出美玉，故名蓝田。”蓝田中西部，灞河东南岸，天空下，阔地上，一座灰色的村落，名为杨村。

暖阳当空的冬日，脚刚刚踏进蓝田杨村的领地，鼻翼就不由自主地翕动起来，冰凉之气就倏然灌入，让人不禁打上一个寒战。

村里的人，清一色的糙皮肤、红脸蛋、宽裤腿、棉窝窝，脸上漾着憨厚的笑容，无论见谁，认不认识，都会憨笑着问一句：“回来啦！”

是呀，回来啦。儿时的伙伴，已经两鬓斑白，一茬接一茬的年轻而又陌生的面孔提醒着时光如水、岁月如流、青春不再，唯一没变的，是缠绕着儿时梦幻的木门、矮墙、土院。

狗安静地伏在铺着棉絮的窝里，鸡和鸭也不动弹，只在带风的阳光下把头藏进翅膀里，专心、安详，忽略一切周遭，时光好像在此静止，不向前，也不后退。

堆在院子里的柴草，覆盖着一层厚厚的积雪，提醒前日有大雪造访，并留下了浓重的痕迹。耷拉在积雪和冻土之下的葱，偶尔冒出一点儿翠色的嫩芽，固执、调皮又可爱。

最喜吃自家栽的葱，母亲夏季在院子松土栽苗时，总会叮嘱她把葱埋得深一些，那样葱白长得多，且肥硕鲜嫩，煎炒、生吃、就馍、飘汤，味道棒极了，正合胃口。

不论何时，只要儿女回家，家里就过节。父亲总是早早斟满酒，让陪他喝几杯。酒是老牌西凤，父亲每天都会抿几口，瓶子里三四两的样子，透明的液体晃荡着，一下子勾起了人的馋虫。

母亲总是忙前忙后地弄吃的。农村人，不会做大鱼大肉，只是简单的家常菜，凉拌黄瓜、小葱豆腐、凉调冻肉、莲菜炒肉、醋熘白菜、羊肉萝卜汤，三凉三热，荤素搭配，弄点小酒，就活成了神仙。

再说说这醋熘白菜，家里的醋也是自酿的，水是深井之水，是那种沁人心脾的甘洌，用这样的水酿出的醋，味道醇正、馨香，白菜也是从地里刚拔出来的，根上还带着点泥巴，炒出来嫩嫩的、脆生生的。

母亲用蒸笼蒸了一锅红豆包，红豆无疑也是自家地里的，豆干已经煨在锅下面当柴火用，噼里啪啦响得正欢，面粉也是磨得精面粉，又细又白，捏一把在手里，就能嗅到久违的麦香。

四十分钟后，一篦篦的豆包就出笼了，热气腾腾，捏一个在手里，左右倒腾一下，就往嘴里送，皮嫩馅儿香，顾不上烫嘴，一口气吃了五六个，便再也记不起平日城里的饭是个什么味道了。

吃饱喝足了，站在院子里看天。天空是干净的湛蓝，没有一丝杂色，你看着天，天也看着你，像是有话要说，又不去说破。几只偷食了稻谷的麻雀从空中掠过，像是会飞的鱼，自由自在，让农村的天空变得宁静而生动。

晚上，雾载着沉沉的湿气，在冻土之上缓缓升起、弥漫，坐在灯下，凉意侵袭，泥土气息也不请自来，人就好似触摸到自己的内心深处，触碰到了一种莫名而复杂的东西。

好像，人的心底，总有许多东西应该被唤醒，比如故乡，比如亲情，比如母爱，比如埋藏在心底的善。而这些，仅仅是人呈现出来的冰山一角，内心藏着太多的想法和情感，只是并未察觉，只有被一些事情激发时，才会变得清晰而确定。

夜深人静，风从暗处吹来，刮得窗户呼呼作响，屋里的蜂窝煤炉子上烧了一壶水，“哧哧”地响着，你可以感受到它的热浪沸腾。

人间草木心

专注于这些花花草草很久了，且沉溺其中。

喜欢于午后，坐在阳台，让太阳把自己晒得发烫，一天大半时间就是呆望着它们，做一个只与草木对话的人。

我觉得，草木和我很亲近，我也自然亲近它们。

家里的栀子含苞了几个星期，未有绽开的迹象，月季却已经开了好几朵，渐渐要败了，叶子也萎落下来。我慌了神，每天拿到阳台去晒，上花肥催，勤勤浇水，祈祷这些花草可别辜负了我的殷殷爱护。

当然，不光是栀子和月季，还有橡皮树、发财树、碗莲、文竹，都是一心一意、贴心贴肺地侍弄，买来书，认认真真学习养护方法。

家人都说，我这急躁的性子是磨下来了，容颜间竟然多了几分清丽之感。

这样的赞美，我乐得全部笑纳。我自然知道，花儿养心、草木怡情，心情自然爽朗起来。何况，我与花草、花草与我，同处一室、朝夕相处，早已不分你我了。

“草木有本心，何求美人折”，打小便不喜欢与人热闹，它们自开自落、不惊不扰、不事招摇的性子，也像我。

总觉着，一个人时，人是静的，心是狂的。像是游荡在山林的一只麋鹿，去溪涧饮水，在丛林衔花，在草窝里睡觉。

喜爱草木其实时日已久，从那个爱做梦的年纪就开始了。

那时有大把大把的时间去喜欢什么，或不喜欢什么。突然就迷上画画，带着铅笔和画本来到山沟，就画沟畔的小树林，一画就是大半天。四季的白杨树，沟畔的野草花，从色彩斑斓到清淡素净，都是一样入了眼，走了心。

如今，偶尔翻起旧时画的那些树树木木、花花草草，依然觉得清秀美好，也真真羡慕起那个时候的我来。

老家院里栽了九棵老梧桐树，叶翠枝青，粗壮的枝叶俨然要遮住三间瓦房的一半屋顶。每年初夏，淡紫色的梧桐花一串串大朵大朵开着，缀满枝柯："树阴似盖遮炎暑，花穗如烟胜紫鹃。"开得真是一往无前呢。

但还不到一个月，这些花儿就"繁华零落两不知"了，啪嗒啪嗒地落下来，叫人有些伤情。那时我还不懂事，常常捡拾几个，把它捻在手里把玩，看着它黄碧色的花蒂，长长的喇叭筒，总觉得像是一位娇滴滴的娘子戴了顶不合适的"盔帽"，可爱又调皮。

月亮出来了，我就坐在梧桐树下学吹口琴，一天天练习着，后来竟然学到会唱歌就能吹出音调来，而吹得最好的便是那首《橄榄树》。

那时逃课是家常便饭，总能用自己过人的智慧逃脱母亲和老师的监控，和玩伴在河沟里玩耍，一待就一个下午，就是晒太阳，抓鱼儿，编草枝，采野花。

喜欢在树林子里装模作样地读书。靠在树下，用落叶把自己盖起来，凝视秋叶细细的叶柄和脉络，轻嗅着它略带腥气的味儿。对着书吟诵那首：“最是那一低头的温柔，恰似水莲花不胜凉风的娇羞，道一声珍重，道一声珍重，那一声珍重里有蜜甜的忧愁——沙扬娜拉！”

关于很多事情，如今记下的竟然不多了。年纪一到，再枝繁叶茂的记忆，也都变得干枯了。我知道有一天，我会忘掉那白月光、瓦上霜，却还能在混沌里忆起草木闲闲的时光。

草木告诉我，这一生都是一个丢弃的过程，有多少美好的东西都遗失到了路上，再也没有机会捡回。

《未闻花名》里说：已知花意，未见其花。已见其花，未闻花名。再见其花，泪落千溟。

现在想起那时东飘西荡没心没肺的样子，竟然无比羡慕，因为那时，我很年轻，还可以流浪。

儿时的事，个个都好。如今只能在与人念叨时慨叹：“而今，却是怎样也回不去了呢。”只能在阳台上，对着小白小粉、小黄小红、小绿小紫说说体己话。

不仅我，爱花成痴者大有人在。

北宋林逋，孤高恬淡，终生不仕不娶，以梅为妻。东晋陶潜“少无适俗韵，性本爱丘山”，钟情芳菊，弃官回乡，“采菊东篱下，悠然见南山”。白居易自称紫薇郎，写下了“独恋黄昏谁是伴？紫薇花对紫薇郎”的诗句。清时有个郑燮，爱竹成癖，竹是他密不可分的伴侣，亲密的“情人”，睡觉时也要以竹陪伴，他有副对联：“咬定几句有用书，可忘饮食。养成数竿新生竹，直似儿子。”竹诗的灵感来自竹，留下百首咏竹诗。

与这些植物，我也是做了长久相处的打算，它们于我而言，有冷暖，有清欢，是不同形态的人，与我以灵魂相对。

而今，渐渐迷上了饮茶。沸水翻滚、浮沉辗转、苦涩绕口、沁脾回甘，反反复复、千转百回的，便是再也放不下的味道了。

陆羽讲：“茶者，南方嘉木也。”我只知，饮茶时，内心自然生出淡泊之气，深情之间意态宁静，后来才注意到，茶字拆开，竟是“人在草木间”。

因草木有气脉，茶才有了灵魂。于是，你饮茶时，便饮出了凉热，饮出了浓淡，饮出了悲欢。

手里的茶不说话，只把滋味儿交给你，把心交给你，一切靠你自己去体味。

有了草木，万物清新，思绪明净，内心稳妥清澈。享受如今不求上进、散淡闲适的日子。摘花泡茶，听风吟唱，在草木生长的声音里执一支瘦笔，写尘世的清喜。泼洒一池素墨，在云烟深处落笔，意境里蕴含着一缕淡淡墨香。

三月望，王莽桃花开得正盛。一位肩宽体胖的大婶儿折了一朵桃花，竟然别到自己耳边，绿衣衫、圆盘脸、粉桃花，不着调的搭配让人哑然。路过的人好奇地回头望几眼。大婶却旁若无人，继续大声与人笑语。

典型的西北人性子，和这不管不顾的灼灼桃花，是绝配。

草木生长，遵循时光的轨迹。我计划选个天气干净的日子去爬山，去看树。春天的树是调皮可爱的，夏天的树是葱茏茂盛的，秋天的树是静默萧索的，冬天的树是隐忍和坚强的，我爱上了它们的每一季。

门内养木，是谓闲，人在草木，心有余闲，才是人间自由人。

采蘩祁祁

冬日的原上烟雾蒙蒙，山坡上已没有牛羊，只有几条野狗在坡上窜来窜去，半人高的衰草和枯干的蒿草在风里摇摆着，像一幅萧瑟的油画。那是我喜欢的白蒿。

当然，作为食材和药用，白蒿命中注定不是妖媚之物，可它长久地侵占着我内心深处的情感。

在蓝田老家，白蒿随处可见。荒原、山坡、田地、碱畔都有它的印记，它是一种很固执的植物，只要是沙质土壤，它都能早早返青，见风就长，从二月一直长到十一月，成为关中地区一道别样的风景。

白蒿入药，是妇孺皆知的事情。

坊间流传，华佗济世行医，在诊治一位“黄涝病”患者时，不知使用何种药材，束手无策，数月后，却见此患者红光满面、精神抖擞，急问原因，患者回，按一位修行得道的老人指点，吃了一种绿茵茵的草。华佗急寻之，原来那神奇的野草，就是白蒿。

此时的白蒿，枝芽幼嫩，叶子新绿，被称为茵陈。因为白蒿在土壤合适的情况下，主根可伸入一百厘米的土层中，根系发达，陈根经冬不死，春萌生嫩芽，因为颜色碧绿，绿茵茵，故称为“茵陈”。茵，铺垫之意；陈，发陈致新，幼苗从老根发，铺垫于地，故名茵陈。

家乡人常说："三月的茵陈三月的蒿，五月砍了当柴烧。"是说采蒿入药的时效性，过了三月，就不能入药了。这是当然的。三月，阳气上升，万物复苏，百草发芽，此时才具有药力，祛湿，降脂，退黄，保肝，药效极佳。

我家里的橱柜就存有一小袋子茵陈，那是母亲专门为我采的。

去年初春，我咽喉肿痛，咳嗽得厉害，久久不愈。母亲听说后，就背着笼去坡上采，日头照在头顶，坡上又蒸又热，湿气很重，母亲一镢头挖一个，撢掉土坷垃和浮灰，放进笼里，流着汗采了两个小时，采了一大笼，然后回家掐掉根须，择掉黄叶，淘洗干净，晒了几个日头，等干透了，竟还不到一斤，装进塑料袋，带到城里的家。

现在，那一团团茵陈就安静地躺在塑料袋里，淡绿色的叶子绵软地蜷缩着，带着白色细密的绒毛。每天清晨，我都会捏一小撮放进水杯，用开水浸泡着喝，大半年以来，喝茵陈水已经成了我的习惯，我非常喜欢和迷恋水里那种淡淡的香味、苦味、甜味缠绵的感觉，让我从喉咙到胃腹都变得清爽、舒适，常常忘记了它原来是一味药。

白蒿曾有一个很复杂的名字，叫"蘩"。《国风·召南·采蘩》记中载："于以采蘩？于沼于沚。于以用之？公侯之事。于以采蘩？于涧之中。于以用之？公侯之宫。"意思是说："到哪里去采白蒿？在沼泽旁和沙洲。白蒿采来做什么？公侯拿去祭祖先。到哪里去采白蒿？在那深深山涧中。白蒿采来做什么？公侯宗庙祭祀用。"一问一答里，透露着被奴役人的悲苦和愁绪，但也说明古人已知白蒿的好处，并且用于祭祖、公侯宗庙祭祀。

白蒿是宝，有病医病，无病强身。二月一过，白蒿虽然不能入药了，却又成了一道美味佳肴。

春日迟迟，卉木萋萋。鸧鹒喈喈，采蘩祁祁。每年三四月，白蒿正繁盛，乡里的姑娘、婆姨们就拿着铲铲、提上笼笼，在山坡、荒地、碱畔采白蒿。此时，正是农家地里青黄不接的时候，蒿菜的出现及时填补了餐桌上的空白。

作为食物，白蒿的做法多种多样。热水焯了做凉拌菜、麦饭，和面烙饼，或是蒸成菜疙瘩蘸蒜泥吃。人们在春暖花开之际，吃着散发清香的白蒿，捣好蒜泥儿，弄点辣椒面儿，用滚油“刺啦”一泼，乡亲们就飘飘欲仙了。

坡原上的风刮得一阵紧、一阵松，蒿杆在风里摇晃着，肃穆、庄严，有一种疏朗辽远的意境和一种惊心动魄的美。我伸手轻轻一捻，蒿籽就唰唰地掉了下来，捏一小撮轻嗅，经过严霜的蒿籽儿，已经没有了那种淡淡的苦味儿。它们只是随风散落，待来年春风一起，便随处安家了。

四月农家帖

四月，拿着锥子去菜地，左手扶苗，右手用锥子在蒜薹根上一戳，再往上一划，稍微使点力一拔，鲜嫩的新蒜薹就抽了出来。

根根蒜薹头大瓣齐，皮薄如纸，清白似玉，黏辣清香，一根根柔嫩又碧绿，泛着淡淡的雾色，洗净，切段，以盐、醋腌，是最美的下饭菜，用油煎炒，吃起来嫩又香。

这时新蒜也就下来了，铲的铲，挖的挖，提住蒜杆往上一拔，整个蒜杆就呼啦啦到手里了。抖掉根须的泥土，一个个蒜骨朵紧紧绷绷、敦敦实实，像婴孩的拳手般。

剥开，一粒粒蒜白嫩嫩的，就自家蒸的麦面馍，空口吃着也香。大蒜可以吃大半年，吃面可以就蒜，也可以用瓶子装起来留着调菜。有一份自给自足的惊喜和自在。

这时节，摆在桌上的还有香椿。谷雨前后采摘了头茬椿芽，香味浓郁，质量上乘，现在到了享受胜利果实的时候了。拿盐腌制起来，瓷盆，大玻璃瓶，小瓮，都腌得满满的，吃的时候，用油一泼，就着熬得黏糊糊的苞谷糁，或是红豆稀饭，给城里馋嘴的孩子们带去。

村前村后、沟上沟下都是满树白花花的槐花，不论是谁家的槐树，你都可以提着长长的梯子去够，笼、筐箩、袋子，尽管往满盛。

花期也就十多天，若是不采下来吃就败了。村里人挑剔得很，花稍微开得大点儿的，是入不了眼的，只留下包得紧紧实实的小白花骨朵儿和淡绿的萼。带回家洗净，可以清炒、包包子、蒸麦饭。放冰箱冷冻起来，可以一直吃到天寒地冻，大雪封门。

院子里晾晒着干净的白蒿、蒲公英、车前草，待干后存储起来泡水喝，利肝、清火、祛痰。香菜已经冒得很高，长出了细碎的小花，叶子也变成了细长形，但人们可以掐了嫩叶尖继续凉拌来吃，清香可口，别有一番滋味。

邻家的花猫来我家院子玩儿，平时把我家当它家，挨着人身，吃喝都在我家，混得很滋润。现在见了我这样的生人，远远地试探性地挪动步伐，一脸的警惕和嫌弃。我讨好地在脚边放食，“咪咪咪咪”地叫它来吃。不睬我。父亲大踏步走了过去，它却拧身跟着父亲屁颠屁颠地跑了。

邻家院门前几株白色的绣球荚蒾特别繁盛，富贵逼人，但过几日已经没了气象。梧桐花却可以一直开到七八月。现在桐花一嘟噜一嘟噜挂在空中，像串串喇叭伸出墙外，弄得满村都是袭人的香气。杏树结出青色的小果，硬币大小，在绿叶色庇护下泛着青碧的光，看得人牙根发酸、口舌生津。

乡村四月闲人少。都说谷雨前后，点瓜种豆。家里没有种瓜，豆子点了几行。菜地里，茄子、西红柿、辣椒也出苗了，母亲找来一堆细棍子，几根细绳，为菜搭架子，上粪施肥，并准备塑料布，等过几日苦起来。棉花籽也种了，现在种棉花的人少了，自家种两三分地，为了给家里做几床新棉被而已。

田野碧绿平整，小麦拔节、抽穗。今年吸浆虫肆虐，雨水较多，麦子密蔽、透光差，麦叶发黄，农人们身背药箱，一行一行打药，以保花增粒促大穗。同沐浴阳光雨水，草总是见风就长，看着长势汹汹的绿草，人们一边连根拔掉，一边用衣袖揩着从草帽紧压的额头上滴下的汗水，盘算着今年能打几担粮。

这时，偶有几只黑色的鸟儿飞来，一会儿落在田埂，一会儿飞到野地里孤零零的树杈上。人问什么鸟，答，不是燕子，也不是花雀儿，是“算黄算割”。

还要补苞谷苗。清明前后，已经种下。苗也长出了一拃高。只是有一窝没一窝的。有些种子未覆盖好就被鸟啄了去。有的叶子被虫吃出窟窿眼。红薯苗也出来了。豌豆苗很繁盛了，结着淡淡的小花。看的人心里却想着那碧绿嫩爽的豌豆荚，盘算着届时到地里摘了吃。

青箬笠，绿蓑衣，斜风细雨不须归。雨说来就来。不一会儿，天就迷迷蒙蒙了。人们有的拉着车子、掮着农具，和从县城回来的路人打着招呼，慢悠悠往回走。雨中青山，天空白鸟，这农家生活，自有一番悠闲自在、从容自适。

到家，农具靠墙放好，开始做饭。院子的棚子盘了锅灶，柴火备足，起灶。城里人到农村，就稀罕烧锅，现在不用风箱了，火点着，架硬柴烧，纯靠风，火就呼呼地冒，没有窍门的城里人不一会儿就成了黑脸包公。

面捞到碗里。生葱花、辣面子、花椒粉、细盐撒在面上，用热油一泼，“刺啦”一声，烟雾升起，椒香扑鼻，辣面、花椒和热油的相遇，那是一种注定的味道。多少年以后，还是反复纠缠在人心里。

四月农家，原汁原味、清简如水，一堆散乱而琐碎的光阴，透着人世间的喜悦。

务农

多年未务农了，作为一位农家孩子，这并不是件光彩的事儿。

端午刚过，家里的麦子已经收割、晾晒完毕，只剩一些收尾活儿。老爹给稍微平坦的路都铺上麦筧，等过路的车辆碾轧。我戴着草帽，手持叉子，有模有样地用叉子边抖边翻，经过车辆反复碾轧，麦穗几乎都是瘪皮，少量的麦粒儿都落到了地面，麦粒出来干净了，麦筧烧锅也就不扎手了。

农村靠地吃穿，家家户户都有几亩地，颗粒归仓后，麦筧不能乱蓬蓬地堆放着，要拢积子。一个人站在下面用叉子往上扔，一个人站垛子上用叉子接，把麦筧铺均匀、拍实在，还要走一圈晃晃，积子拢得下面大、上面小，活像女子脑后圆圆的发髻，瓷瓷实实、漂漂亮亮的。当然了，那些拢得三瘪四不圆的积子，会叫人笑话的。

我手提着叉子站在旁边，看叔和爹配合默契地拢积子，一边回忆自己和小伙伴在麦筧积子打老鼠洞、捉迷藏，和常常提着老笼扯麦筧回家烧锅的岁月。

可现在村里人很多不愿意拢积子了，嫌费事儿。他们用收割机收完麦子，直接就在地里把麦筧烧了，就地解决，风吹雨淋后，给田地沤成有机肥。

趁凉快，去地里种芝麻。

父亲用小纸盒装了一把芝麻，把靠在墙上的轻便车放下来，锄头、拉犁用绳子绑在车上，我“呸呸”两下，往手心吐了两口唾沫，左右手一搓，抢前一步，一边唱着：“套马的汉子你威武雄壮……”一边抓住轻便车把，想把车推出门，谁知这细胳膊细腿儿的，门口的下坡路差点让车把我带跑了，车把都抓不牢。

一路抖筛似的到了地里，总算把车停到了地头。四下望去，这片地也就巴掌大，左右是沟畔，畔上长满了山枣，从下往上看，天比蓝宝石还好看，前后是沟坳，村里人都说：“山沟溪水潺，两侧酸枣甜。”不过，沟底下几十年都没有水了，垦成了田地，酸枣开出了黄色的小花，就等着结枣呢。

在沟畔的阴影里伫立着的是采摘过菜籽儿的油菜秆，挂着零星的菜籽荚。这得先清理掉。

看着粗壮的秆，我稍微一用力，菜秆就“哗啦”一下提了起来，根茎沾着土坷垃完整地出了土壤，那种声音和感觉，比自己考试得了一百分还美、还爽。

地怎么种，就靠这个细细长长的拉犁了。

我熟练地反拿着犁，把犁铧扎进土里，然后人把住扶手，一点点往后退着拉犁，不就是这一点儿地吗，小菜一碟！

谁知巴掌大块地，我拉了一个来回胳膊就抖起来了，气喘如狗。正巧狗娃叔从沟上路过，看着我，笑着对父亲说：“咱一点活儿三锤两梆子就干完了，你倒叫娃干啥活儿呢？”

父亲还未搭话，我就干笑着说我能干能干，讪讪地拿起锄头去除草。

人勤地生宝，人懒地生草，看来俺家人稀，这地打理得也不精细，草长势凶猛，绿油油、一窝窝地依偎在一起，野蛮生长，我气不打一处来，手起锄落，消灭掉一个，再手起锄落，又消灭一个，我扭头得意地说：“爹，这活儿简单，我爱干！”父亲正在撒芝麻，回头看了我一眼，惊呼：“娃呀，你咋给咱把花生苗锄掉了……”

这……这是花生苗子啊，怎么长得那么像蚂蚱菜啊！圆圆的叶片，扒着地皮长着……

自尊已经伤得是体无完肤，不如溜到地边看羊吃草。

田埂上，站着一只白毛灰犄角的老羊，迎风而立，奶水包很大，胀鼓鼓的，走起路来奶包也左右摇荡着，它摇到了一处青草丰美的地方停了下来，低头开吃。

我跟上前去，掏出手机对着它拍照，它竟然闭上眼睛，后腿一屈蹲了下来，头歪到了一边，就是不看镜头，对我极其藐视。我想起小时候，自己想去摸摸羊犄角，却被羊以备战的姿态拱倒在地，可怜的我坐在地上眼泪一把、鼻涕一把地哇哇大哭。

想起那些糗事儿，我揪了一把草，狠狠地甩到羊的脑门儿，谁知那羊只管吃着细嫩的草叶子，根本不搭理我。

我指着羊的鼻子（那么扁平，或许应该叫羊脸）：“狂！叫你狂！

今天晚上非要喝光你的奶不可！”

叔过来了，我堆起笑脸，问这羊产几斤奶，叔说产六七斤奶，自家喝不完，晚上给我送两斤喝。我满口答应，想起那碗里热热油油的羊奶油皮子，我就盼着天早点黑，这羊早点回家。

天麻麻黑了，西边的天红得像我家灶膛里的火。

沟头长了一窝窝细细的野小蒜，我小心翼翼地挖了一小把，晚上让母亲和鸡蛋一起炒了吃，对，还要喝那热气腾腾的羊奶呢。

秋来桂花香

八月风渐凉，桂花却开得热烈。琉璃剪叶，金粟缀花，香气熏人。

就这么肆无忌惮地熏着你。粒粒黄色小碎花夹在葱茏的绿叶间，细细碎碎、挨挨挤挤，散发出销魂的清香。路过的人被那香袭击时，都会“哎呀”一声，“什么花呀，这么香？”然后闭上眼深吸一口，“嗯，原来是桂花呀……”

清人李渔说：“秋花之香者，莫能如桂。”桂花的香，清可绝尘，浓能远溢，香到人每个毛孔里。

“花气薰人欲破禅，心情其实过中年。”若黄庭坚闻到了这桂花香，那修行禅定也一定会被破除了，不管哪个年纪，有美人怀，又怎么能拒绝呢？

八月桂花遍地开。千层翠碧，一抹轻黄，清新淡雅，繁华如梦。

桂花树，树大、叶密、花香，常年浓绿、风姿绰约、香沁飘逸，可吴刚偏偏要砍伐它。在每个月圆的夜里，他都轮着斧子砍啊砍，可这月中之桂高达五百丈，砍了又生，随砍即合，他怎么能砍掉这棵不死树呢？

吴刚离家三年学仙道，妻子却和伯陵私通，生下三个孩子，吴刚怒极，杀掉了伯陵，被炎帝发配到月上伐桂，做这徒劳无功的苦差事，一声一声的伐木声，空洞而沉闷，即便广寒宫里钟磬齐鸣、仙乐飘飘，又怎么能赶走吴刚心里的寂寞！

不是人间种，疑从月里来。广寒香一点，吹得满山开。这桂花树，乃月中之树，这香，也是天上之香，“何须浅碧深轻红色，自是花中第一流。”这好树生好花，好花酿好酒，桂花酒才成了人间极品。

世间风雅，以花入馔，尤以桂花最甚。“蕙肴蒸兮兰藉，奠桂酒兮椒浆”，屈原就是用桂花酒祭敬天神哪，还有桂花糕、桂花糖、桂花茶、桂花藕，不一而足。听闻金陵有道名菜谓桂花鸭，肥而不腻，味道鲜美可口，倒是很想尝一口。《红楼梦》里，为哄宝玉欢喜，王夫人将珍藏的“木樨清露”差人取来，嘱咐袭人给宝玉带回服用，宝玉吃后甚喜。这木樨清露，便是桂花酿制的香露。木樨，木樨，倒觉得这名儿，比桂花更有诗情和美意。

但桂树香满天下，桂花二字人尽皆知，要比“木樨”更深得人心，乃因“桂”谐音“贵”，桂花又有荣华富贵的寓意。

沈周为朋友画过一幅《折桂图》，笔意凝练清润，墨韵雅致含蓄，画面干净简洁，透着禅趣。画中树枝苍劲，叶间桂花繁密，幽香透纸而来，题诗：“江东八月有秋风，举子攀花望月中。此时词林旧根抵，一枝新发状元红。”是为朋友乡试而作。“蟾宫折桂”“月中折桂”，就是取了桂花的高中状元、夺冠登科之意。

晚饭后陪先生去园里消食，一阵阵馨香扑鼻而来，腻腻的，暖暖的，立即心情大好。一扭头，竟不见了先生，四下张望，只见他媚笑着站在面前，手里那一捧粗枝大叶的花枝扶护着这娇弱嫩黄的小花，可爱极了。

“物之美者，招摇之桂”，世界上最美好的东西，就是招摇山的桂树。这样的讨好深得要领，我果然喜不自胜。鼻子凑过去，瘾君子般一口口深深吸着。回家剪枝、插瓶，置于床头，赏美，嗜香，伴寝，安神。偌大的房间，只这一捧桂花，便已清香四溢了，想起《红楼梦》里那个夏金桂，家中“单有几十顷地种桂花”，人称“桂花夏家”，真是奢侈。

不料翌日，无风无雨，米黄色的小花就细细碎碎落满床头，那景象叫人心惊，也让人惭愧不已。我想起林清玄那句：“想到茶芽与桂花同出，在桂树下饮茶，一阵风来，花落满杯，那会是什么样的茶？又会是什么样的秋天呢？”

秋日渐深，一方庭院里，若是泡上一壶茶，捧上半卷闲书，香气袭人，桂花从头顶落下，落到你书页上、茶碗里，一杯清秋入喉，这都是上天的恩赐。

如果，你刚好有事离开，那桂花就落座于椅上，随着那不省人事的字句，去了秋日深深处。

听风在野

秋深。花椒树脱干净了衣衫，带刺儿的枯枝伸展，呆立在地头，守望着一处荒野地。

坡上的风不紧不慢地吹来，干枯的玉米叶唰唰响着，闲云在天空飘荡，阳光从人背后渐渐绕到面前，它能透过皮肤照到心里最深处，整个人都亮了。

这乡野的风，时暖时凉，有时狂奔任性，有时贴心贴肺。当人搭好棚架，种下辣椒、黄瓜、茄子、西红柿、南瓜、葫芦、豆角的时候，它就携雨而来，那些翠绿的藤蔓缠绕在架上面，上得雨露滋润，下得清风吹拂，风吹一阵，秧苗长一阵，果实累累。

它和阳光，绿草，鸟鸣，雨雪相伴。吹散了云，吹来了雨，吹落了叶，吹开了花。红绿黄白的变幻里，风吹去一程风景，吹来新一程风景。

风最喜在那片坟地盘旋。儿时，天麻麻黑，松林青茂，一个人穿过那片坟地去姥姥家最是胆战心惊，跑得飞快，从沟这头跑下去，再从沟底跑上去，风在耳边呼呼响。人说小孩子的眼睛能看见鬼，我是没有见过，但心里却想了无数个样子的鬼。到了姥姥家，一下扑到姥姥怀里，再也不怕了。如今姥姥走了三十年了，只记得耳畔呼啸而过的风，风一阵阵吹着坟头茂盛的青草，我一个人坐着，却再也不怕了。

我在异乡的城市里，骑着摩托送货奔走，满脸灰土，一头短发被风吹得像把扫帚。光阴一寸一寸，辗转了多少城市，经历了多年的风，回到了我的乡野，我见到我家乡的风。

屋子的南窗下挂着蒜瓣和折下的柿子树枝，窗台上放着几只棉桃，它们也安安静静地在自己的位置上，望天听风。

父亲的普洱茶又添了水，茶杯沿有暗红的茶渍，一口口呷着，喝得很香，一斧头一斧头剁砍着风刮下来的杨树枝，整齐堆放在柴房，给冬天存柴火。刚刚搭建的炭炉子，管道从庭堂高处贯穿而过，通向户外，冬日的风走得快，裹挟着寒气，它来时，家里炉膛拨火，暖烘烘的。

母亲炒了鸡蛋，包了小葱、小蒜、香菜馅儿饺子，母亲的炊烟被风吹歪了，青青袅袅入了云端。饺子热气腾腾，血红的油泼辣子，白生生的蒜泥，我们端着碗蹲在院里就着蒜汁儿吃饺子，也就风。

鸟儿站在枝头，啾啾，喈喈，互相嬉闹，它们也在听风。其实它们的家不在枝头，在天空，每天穿梭来去的地方。

家里放着的老南瓜绿皮变成了黄皮，柿子收了几大筐，堆放在屋子角落。母亲没完没了地唠叨，红薯、留着的老南瓜，给装起来。田间的软泥生着无名花和杂草。辣椒，柿子，它们也在听风。挂在院墙的那串红柿子，也在听风。光秃秃的树枝上挑着的红柿子，在季节里枯瘦。

麦苗刮倒了，树刮歪了，花被刮得低头了，吹打柴门，敲响纱窗，人们嘟哝着，关门，温酒。

竹篱旁那一丛野菊，在风里将心事独吟，在晚秋里独开，不管如何绚烂，总掩不住一丝寂寞的清凉。微风绕菊，菊的淡、菊的凉、菊的伤，唯有它懂。花也在风里滋长，繁花盛开有时，草木凋零有时，一阵风过，此岸已达彼岸。

风还是千年万年地吹着，人是换了一茬又一茬。落叶年年，物是人非，想想，人自是人，活不过那树，那草，还有风。

长风浩荡，刮过山野，掠过了村头的杨树、桑树的树梢，漫过田野的小麦、土坷垃，吹到我家院子，吹着挂着的玉米、蒜辫、柿子，吹着我身旁这杯热茶，山光水色，落花满筛，若美人之姿，索性抛书，坐卧随心，喝一口不凉不烫的茶，篷窗瓦屋，烟霞俱足，明月清风兴自赊。

听一听风，看一看西风萧瑟，草木荣枯，凝云散去，心都敞亮了，此时，母亲以扫帚扫落叶，以瓷瓮蓄落雨，人间至味是清欢，这清欢，也是因为风。

秋风乍起时，黄叶掉落。似乎隔绝于世，不是一群人的热闹，也非几个人的计较，静静地，就安于这一个人的山水清欢。

赏秋

秋天很慢，像锅里炖着的老汤，含蓄香浓。

午后，新雨乍晴，蓝天高远，干净得纤尘不染，底下是白墙青瓦的村庄，家家院子里描着不同的画：紫白色的蒜辫子挂上墙，红辣椒穿成串，野菊花、大丽花、鸡冠花竞相开放。我家院子里，父亲正把靠在墙上的架子车放下来，准备去地里掰玉米。

由村向南两里，路西，是一大片平整的土地，是村里田地最集中的地方，我家的地就静静坐落在这里。站在地头，南望，是坡地的野花和县路上奔驰的车辆；北望，是村里高高低低的房屋和袅袅炊烟，左右都是碧绿的作物和平整的土地，在父亲眼里，这片地简直就是我家的后花园。

地头有两棵胳膊粗的枣树。尚未开工，先摘了几颗半红半绿的大枣吃了，然后换上烂衣旧裤，戴上线手套，正要进地，母亲扔一双老解放鞋给我，我扑哧笑了，那么老土，谁穿？

地里，个个玉米秆笔直挺立，玉米棒别在玉米秆腰间，神气活现，穗儿已是外强中干，直愣愣指向天空。我看见苞谷就开始掰，东一下西一下，两下就跑到前面去了，但“漏网之鱼”太多，还需母亲在后面检查、善后。父亲却步伐稳健，他又宽又厚的双手掰起玉米来就像两个耙子，光听那掰玉米时“咔嚓、咔嚓”的声音，不急不缓，沉稳有序，清脆而有节奏，干净利落。

掰了不一会儿，我的耳朵被玉米叶子刷了几道红印子，热辣辣地疼，自己的球鞋底儿也沾满泥块儿，沉得挪不动步子，这时才知道“老解放”的好了。干脆歇下来，一屁股坐到母亲挖倒的玉米秆上，用木棍捅鞋底的土泥巴。一只蚂蚱蹦到面前，顺手捉住，放到苞叶儿上，用打火机点苞叶烧烤，不一会儿，绿色的蚂蚱就被烤得通红，散发诱人的肉香。吃蚂蚱，是小时候常干的事儿。

坐在玉米堆上东张西望，发现茎秆稍高的玉米棒大、沉重、颗粒饱，但苞叶湿青，扯掉棒子还带着皮；茎秆矮的棒子个头小、干枯，有些未老先衰，轻轻一拧就掉了下来。有些玉米棒是双胞胎，不过个头都长得不大。靠地两边的玉米个头小，很多棒子被鸟吃掉大半个，有的苞叶儿上结满了虫卵。这玉米棒并不是个个都膀大腰圆、颗粒饱满的。父亲说，两亩地其实也打不了多少，农民一年庄稼的收成，还不如在城里打一个月工挣得多。可是，土地是农民的根、农民的本，谁都舍不得扔掉，得精心打理，不能糟蹋。

地头是一片坟地，坟头青草茂盛，爷爷、奶奶和老太的墓碑都在这里。父亲常常干一阵活儿，就在碑前坐下，点一袋旱烟吧嗒吧嗒抽着，唠唠叨叨说上一会儿话，然后继续干活。

天渐渐黑了下去。掰下的大部分玉米堆放在地里等第二天来拉，一小部分用架子车、麻袋装满，父亲驾辕，我们在后面推着，把玉米拉回家。

晚上喝了碗苞谷糁稀饭，吃了两块茴香锅盔，给父亲泡了一杯解乏的竹叶青，就脚也不洗上了床，头刚一挨枕头，就呼噜震天。

睡着睡着，就梦见吃红烧肉了，肉酱红酱红的，软嗒嗒、亮晶晶、香喷喷，我口水连连，肚子却跟打鼓一样叫得欢实，愣是饿醒了。第二天，听到院子动静，父亲已经拉车自己下地去了。弟弟叫我起床，我谎称肚子疼。弟弟说：“你睡吧，不干活没饭吃。”于是又屁颠屁颠拿了小镢头去了地里。

天已大亮。远处青山隐隐，近处草木清新。父亲正在把昨天掰好的玉米往麻袋里装，地软，车子进不了地，只能放在地头，父亲年纪大，一次装半袋，一点点背到地头，倒进车里，我赶紧帮着装玉米、抬麻袋。

满地露水。蛐蛐儿在玉米堆里乱蹦，偶尔一两只蹦到肩膀、头发上，一只没了右翅的螳螂在玉米堆上慢慢踱步。大蚂蚁爬高爬低，黑蜈蚣从土里钻出钻进，红色的七星瓢虫趴在叶子上，六只细腿儿蹬着，很快就爬到干枯的穗梢上，一只披着淡紫色纱衣的“花媳妇”轻轻落在眼前，徘徊、踯躅，但一不小心就会碰到“臭老婆”，熏死人。

刺荆葱茏，是乡村风景最独特的颜色，大朵大朵蘑菇左一簇右一簇，野雀儿“嘎”的一声从空中掠过，崖畔上的小野菊开得正盛，毛儿草在风中摇曳生姿，麻雀整群整群扑棱到水泥杆子、屋顶、树梢，叽叽喳喳叫着。

凉风轻轻，只听到地里掰玉米的咔嚓声，挖秆的啪啪声，远处车辆的呜呜呼啸声。我感到从未有过的惬意和畅美。

这时老天又沉下脸，乌云翻滚到头顶来，我和父亲加紧装车。父亲说，这两天还会下雨，待天晴就种麦，麦种泥窝窝，人才能吃上白馍馍哩。

秋日的乡野

久在樊笼里，复得返自然。

门口这一簇菊花，斜斜地偎着木栅栏，红的、紫的、黄的，开得灿烂，有蜜蜂嘤嘤嗡嗡飞舞其间，它定不孤单。菊残犹有傲霜枝，也从不担心哪天有霜杀来，自顾自盛开着，在雨里喝水，在风里摇曳。

靠墙的木架子上生着一个个翠碧如玉的小葫芦，有些吊在空里，有些搭在树枝上，有些躲在宽展的叶子后面，拧着身子探望。木架子因长久风吹日晒雨淋，已经腐朽，但这丝毫不影响小葫芦娃们的茁壮生长，下一场雨，就壮实一分。

我喜欢在它们中间坐下来，安静地看天、听风。

我迷恋家乡的土疙瘩和葱茏的杂草，虽然那是一片荒野地，但有了虫儿们的音乐会就热闹多了。每当夜幕降临，人们安睡，狗也不叫了，这块地的虫子们就活跃起来，蟋蟀、蚂蚱、蝈蝈们跳上草尖，或是躲在最隐秘的地方，唱起最响亮的歌谣。喓喓草虫，趯趯阜螽。未见君子，忧心忡忡。其实，只要听到这声音，内心的忧愁早就逃遁得无影无踪了。

但对那些严阵以待的白皮松一直保持一份警惕。不知什么时候开始，村里刮来一阵风，家家户户地里都栽上了这个，先抛开对土壤有无危害不论，那种麦浪滚滚、四季换装的景象却是少见了，心头总有些空。

母亲把豆蔓拔下来，放在院子里铺好的篾席上，然后坐在小矮凳上摘豆子。有些豆荚已经干透，碰一下就哗啦啦地到处乱蹦，调皮得很，根本不像棉花那般乖巧。干得稍微卷曲的棉壳都吐出了雪白而又柔软的棉絮，母亲左手提着蛇皮袋子，右手手指捏着棉絮，灵巧地从棉壳里把棉花完整摘出来，放到席子上晾着，而一些棉桃，棉絮半吐不吐，甚至一点儿也未裂开嘴的，母亲就将整个棉桃摘下来，放在日头下晒着，待吐絮后再分拣。

辣椒也摘了一笸箩，红的、绿的、半红半绿的，有的细细长长乖乖巧巧，有的椒蒂挨着椒尖儿打着卷儿。整个夏秋的季节里，它是长得最结实繁盛的。各地的辣椒口味儿，贵州是纯辣，重庆是麻辣，湖南是香辣，都知道陕西人最爱是油泼辣子，辣椒面中放些盐巴、五香粉，热油刺啦一泼，香味蹿出几丈远，调面夹馍都行。但实际上，陕西辣椒吃法多变，这辣椒刚摘下来，母亲把鲜辣椒用清水淘净、剁碎，用盐腌好，醋、香油等调料一放，拌和拌和，用篦子装着几个热馍端上来，我们掰开馍一夹，保证看的人口水能流一河滩。

收芝麻要特别小心，地里铺个塑料布或大床单，用镰刀把秆小心翼翼割下来，放在布上抖一抖，让芝麻粒儿落到布上，然后把芝麻秆一捆捆用车推回家，用细绳绑了吊在屋檐下晾着，地上铺上一张篾席接着，或是直接放在席上晒，几个日头后，有些芝麻会自动爆开，有些要用棍子轻轻敲打，然后用筛子、簸箕把芝麻粒中的杂质和枯叶筛去、簸掉，就等着吃了。

坡沟的那小块地种着花生，现在已经成熟了。母亲拽着花生秆，从地里把花生哗啦啦地拔出来，麻窝子花生一嘟噜一嘟噜的，沾着些土坷垃，乖巧得可爱。剥开壳生吃一个，又嫩又香，母亲把花生放在蛇皮袋子上，摊开了晾晒。我剥了小半碗，母亲烧了开水，加点盐巴和五香粉，一起吃煮花生。

平时母亲一人在家，这些农作物都没有大面积种植，但样样都种一些，自给自足。花椒树也只栽了六棵，够自己家人吃就行，现在母亲已经把花椒采了下来，一爪一爪的，还带着绿叶儿，红壳黑籽儿，用筛子盛着。

枣子有大有小，有的绿中透黄，有些已经红透，有的一半深绿、一半铁锈红，酸酸甜甜的，水泽饱满，味道很正。隔壁家枣树的枝叶伸过来，我家的伸过去，也都互相摘了吃，邻里邻居的，没人计较。柿子树负累很重的样子，垂着沉甸甸的枝条，绛黄色的柿子一个挨着一个，等待人去采摘。

临走时，母亲摘了两个老南瓜、两个小南瓜。老南瓜皮又粗又硬，白里透青；小南瓜墨绿色，柔嫩，指甲轻轻掐一下，就渗出黏黏的汁液。母亲说服我带回去，我嫌沉，她说：“老南瓜可以包饺子，小南瓜炒菜，一个面一个脆，都好吃，无公害，你在城里买不到。”

院子里，刚出生两个月的小狗蹦着逮蛐蛐儿吃，看见蝴蝶落在菊花上，连忙扑过去，奋爪而捕，憨态可掬。

秋日的乡野，飞虫在低处飞，鸟雀在高处飞，天空格外蓝。

山坡上的野菊花

乡野的沟畔、山坡、田野、路旁，到处开着黄色的野菊花，它们肥厚的绿叶重重叠叠，花儿密密匝匝，有的含着苞儿，有的半开半闭，有的开得鲜艳大方，挨挨挤挤繁茂地靠在一起，朝天怒放。

乡野的菊花是质朴的，无论在贫瘠的山地，还是肥沃的原野，都可以看到它那青绿如玉的茎叶，金黄热烈的花朵，不谄媚，不招摇，散发出淡淡地苦味儿，它不择地而生，却择时绽放，以清丽素雅、满身金黄撑住了一抹残秋。

坡上的野菊花和自家种养的菊花是不一样的，家里的五彩缤纷、硕大招摇，而这一个个硬币大小的野菊花，安静地在坡上摇曳着，显得细小而朴素。

万木萧瑟，黄叶遍地，北雁南飞，西风凉急的时候，它们在寒秋盛开。一朵朵，一簇簇，一坡坡，开得满山坡、满沟畔、满田埂都是，把山坡染成金黄，把两岸染成金黄，把田野染成金黄，农人们耕地、劳作、洗衣、歌唱，野菊花都静静听着，随风摇曳，整个村子一片烂漫。

我见过大雨中的野菊花，雨水从山坡滔滔而下，野菊花根被冲刷得露在了外面，花枝被风折断，野菊花东倒西歪，一头扎在了泥地上……我的心也有些生痛，它难道就这样死了吗？

“菊花开，正种麦。”雨住了，太阳出来后，我拉着一车子农具去种地，顺便去看那株野菊花。

它歪斜着身子，挨着土地的枝叶还是灰头土脸，但它的枝条却更加健壮了，并以匍匐的姿势开出了几朵黄花，不一会儿，鸟儿衔枝从它头顶飞过，蜜蜂也来采蜜了，一只翠蝴蝶也来看望它，最后落在它的花盘上。

后来知道，野菊花的生命力非常强，即使采掉枝叶，一场雨后，也能萌发出千头万头花来。

“已晚相逢半山碧，便忙也折一枝黄。”村里的阿婆也来采野菊花了。她用枯干的手指捏住茎，轻轻一折，小小的黄花就到了手里。问阿婆：“你采野菊花做什么？”她说：“给阿公泡茶、制药。”我说：“这会不会太苦啊？”她说：“不觉苦，那是香。”

我摘了一朵野菊花放到鼻下，一股淡淡的清芬，让人不由自主地深呼吸，将它独特的气味儿吸入五脏六腑，与它缠绵纠扯不清。

我曾品尝过朋友寄来的杭州胎菊，捏上四五朵放到玻璃杯里，沸水注之，小小的菊花色泽金黄，含有花蜜般的清香，在水的浸泡下逐渐舒展，白色的小花骨朵儿漂在水面上，花瓣软嗒嗒的，香醇柔和，茶汤通透清澈，轻啜一口，由口入喉，由喉入肠，那种畅快淋漓竟然让我欲罢不能。

听说，胎菊是杭白菊中最上品的一种。因为花朵没有全部张开就采摘，所以更干净些，花瓣更完整，有散风清热、平肝明目之功效，但这样的功能，野菊花更甚，其药用价值是最好的，但它花期短，一下霜就没有了。所以，一些采药的人都会在这个时期抓紧采摘。

我见有很多人把野菊花养在陶盆里，置于墙角、桌旁，来装扮居室，但却见它枝叶耷软，稍有疲态。毕竟，野菊花是生于草木间的贫贱凡花，怎么消受得起那样的精心侍弄呢？

这一朵朵开在山坡上的野菊花，在风里生长，也在风里落败，全都无所畏惧，到来年，山坡上又是一片金黄了。

素心白菜，内里生花

大白菜和菘，一个乡野村妇，一个清雅女子，似不能比肩而行，却是同一种植物，已让人有些惊奇，若是想起贾玲口中的那句“烂菜叶叶”，就更觉讶然了。

生于农家的大白菜，青菜白帮，普普通通，看不出有什么特别之处，但古人讲：白菜“凌冬不凋，四时长有，有松之操”。因此称其为“草头之松”，此为“菘”之来意。

要说，我也算是吃白菜长大的。家在农村，母亲每年都要在地里种上一分地的大白菜，储藏过冬。每到初冬，白菜叶子越包越紧，瓷瓷实实，霜降以后，白菜更是茎叶肥厚，汁多味甜，菜蔬味道更为醇香，白居易有诗：浓霜打白菜，霜威空自严。不见菜心死，翻教菜心甜。

这时，母亲手提镰刀，贴着地皮使劲一铲，大个头的白菜就沉腾腾地倒下来，母亲翻转着掰掉最外层干枯的烂叶，看着水灵灵的大白菜，说午饭就吃它了。

白菜深得诗人喜爱。苏东坡赞美白菜：“白菘似羔豚，冒土出熊蟠。”说白菜味美，像羔羊肉和小猪肉那么美，好像是土里生出的熊掌一般。南宋诗人范成大说：“拨雪挑来踏地菘，味如蜜藕更肥浓。”大雪天的白菜自有一股天然甜味，不输于夏日蜜藕。

有年冬天，雪花纷飞，韩愈把白菜切丝，加汤慢炖，招待孟郊、卢仝等好友，满满一碗好像烩银丝，配上屋外新挖出的冬笋，嫩脆而绵软，清素又醇厚，大家品菘尝笋，煮酒论诗，韩愈赞白菜赛过牛肚，冬笋胜过嫩马蹄。

我从小没少吃菘，母亲手糙，会做的菜样不多，翻来覆去也就是那几样农家菜，白菜倒是做得很娴熟，炒的、腌的、煮的、炖的，做出来的菜个个有种农家的“土腥味儿”。那时也并没觉着“百菜唯有白菜美”，反而实在是吃腻了，嘴惯得很刁，不吃白菜帮子，也不吃外层的白菜叶儿，只吃最里层的白菜心儿。

母亲有的是办法。外层的白菜剥了给父亲炒酸辣白菜。大刀一挥，白菜切成段，葱丝、姜丝、辣椒为佐料，油热了，佐料煎出味儿来，氽白菜，翻炒，倒醋，调料，酸辣味儿。给我只做醋熘的白菜心儿，她说：“鱼生火，肉生痰，白菜豆腐保平安。孩子要多吃点儿。”

我不待见大白菜，但父亲下酒菜，回回都是母亲做的酸辣白菜，怎么吃都不腻，一顿不吃，反而觉得生活没滋没味儿的。

晚间，母亲做一锅白菜疙瘩汤，放进炒的油葱花、西红柿，红红绿绿，色香味俱全，吃得胃妥妥帖帖，父亲每次都吃得碗底朝天。

母亲讲，不时不食，白菜就是要在这个时候吃才最有营养。

地里剩下的白菜也收割了。母亲在院子里挖了个小土坑，埋了七八棵大白菜，用土盖上，平时要吃，就刨出一个，吃起来方便。但大部分白菜都储藏到了地窖里，和萝卜、红薯存在一起，不怕大雪封门，足足能吃一冬天。

白菜最味美时，就是大雪纷飞时，一家人围炉而坐，白菜熬肉，再就着母亲用白菜根儿做成的风味儿泡菜，品着小酒，芳香四溢，那感觉千金难买。

后来，不知怎的，没有来由地离不开白菜了。去饭馆吃饺子，想来想去，还是要白菜馅儿的。吃夜市，喝啤酒，也定要一盘毛豆，一盘酸辣白菜。白菜叶香脆、酸爽、辣劲儿足、入味儿深，赛过所有的菜肴。酸辣白菜，我自个儿取名叫“熘菘”。

工作忙时，没时间仔细做饭，就烧了开水，下一把龙须面，白菜洗净，用手揪成两截，扔进锅里，打个荷包蛋，放进盐巴、醋，滴两滴芝麻香油，就是一顿美餐。

早市、晚市、超市，到处都有白菜，普通的价格，平常得毫不起眼，却一日日霸占着生活。

李丹崖在《低头切菜，抬头收衣》里写他在曾经晦暗的时光里，用猪油烹炒萝卜白菜煨细粉，称之为“桃园三结义”，味道好吃至极，穿肠难忘，素朴清简的日子也有了底气。

这原来就是我心目中的极简生活，它配得起我的所有日常。

白菜，在我心里，渐渐不再是上不了大席面的“烂菜叶叶”，却是那句：我笑，便面如春花，定是能感动人的，任他是谁。

有闲情时也做菜。五花肉切片，小火煸炒出油，放生姜、八角、辣椒炒出浓厚的香辣味，白菜入锅翻炒，放粉皮炒软和，待菜汁、姜汁、肉汁、辣椒汁汁汁渗出时，放葱段、香菜，汤汁香醇、清爽入味儿，就是一道最雅俗共赏、老少咸宜的家常菜。

后来知道，白菜意为清清白白。国画大师张大千题跋曰：“闭门学种菜，识得菜根香。撇却荤膻物，淡中滋味长。”李苦禅和齐白石先生一样，皆简朴。后人总结他：“画得很好，生活很穷。”白菜这一平常的家蔬融入其笔下，自然淡泊、清净高雅。

孙犁先生也喜欢白菜，把“白菜”张贴于书斋之中，墙边立一幅中国画，画下方是水墨泼洒的大白菜，上款“朴素无华，淡而有味”。做人，要么像辣椒一样有脾气，要么像白菜一样有层次。孙犁先生喜欢的，到底还是白菜的品性。

素心白菜，内里生花，淡然无争，峥嵘、锋芒都向内收敛，白菜称为“菘”，骨相存焉，绝配。

第四辑

活成一杯茶

将柴米油盐的日子细细盘玩、包浆，活出更高的品相，如细雨打落花、白云挂青山，最素常的日子也过出了美感和情趣，心里开着一千朵花，跑着一万匹马，活得深切丰富，也活得滋味满满。

深情的人，都活得认真

生活是写不尽的，唯有阳光似是而非，日日新鲜。

窗外下着细细密密的小雪，人在床上睡得又沉又香，玻璃窗、窗框的雾气化成了水，一小摊一小摊，安静地坐在木台上，房子里的绿植碧油油的，吐出新的氧气，忽然觉得活着真是幸福。

懂得珍惜，万事便看开了，没有了些许无来由的烦恼。只是每日朝九晚五，琐事多多，不得安静清心，便止不住要骂人，且骂到一种境界，禁不住自己都要佩服起自己来。还是怪修行不够，无法做到不悲不喜、不怨不憎，抵达安稳静心之妙境。

人总说凡事要放下，柴米油盐酱醋茶，生老病死，一桩桩一件件，可由得你轻易放下？你闭上眼，闭不上心，睁开眼，那些琐事恼事烦事，好像还在等你一一清点，没有一个会自觉走开。

也难怪，入世太深，就会有太多的丢不下和放不开。即便是刻骨的感情，亦如上好的丝绸，再美经不起时间的勾划，伤痕累累之后，只余千疮百孔的皮相，如张爱玲所说：“我以为爱情可以填满人生的遗憾。然而，制造更多遗憾的却偏偏是爱情。”不过，仅存皮相也并非全无好处，照样搁置着人的情感，寄居着人的爱恨，于是，不惜与岁月大动干戈，也绝不抛弃，绝不放弃。

人世间所谓深情，只要你心里有，便永远都在，深情的人，都活得认真。将柴米油盐的日子细细盘玩、包浆，活出更高的品相，如细雨打落花、白云挂青山，最素常的日子也过出了美感和情趣，心里开着一千朵花，跑着一万匹马，活得深切丰富，也活得滋味满满。

人生本就寂寥，借酒撒疯也不过一时猖獗，多少城邸辗转，自以为经历了世事，悟透了世情，可以风霜不侵，刀枪不入。却不知历经的每一个场景都有如初探，不得不在倏忽的光阴里给自己装上厚厚的壳，不轻易走出去，也不轻易让谁进来。

不知谁说，看花、赏景都需和某人为伴，听雨最好在夏日山中寺院内的竹榻之上，可不是吗，有美需与人同赏，心意相通，默契至深，此情此景，才是最佳状态，才不至于浪费一番好光景。而“伴”，意即半个人，缺少了另外一半，百忧感心，万事劳形，总有些落寞与惆怅，不得圆满。

然而，自吹炉火，雨夜煎茶，一切皆有定数，强求不得。心不乱求，心不狂思，不着迷惑，泰然处之，只求让自己活得松散些。人生要义，需在不快乐之中，寻到快乐之法也。

很多时候，一个人，在朗朗冬日，穿上薄薄的棉衣，走几分钟的柏油马路，去“福至”饺子馆，掀开蓝色的布帘，吃一碗葱香大肉酸汤水饺。福至，多好的名字，冒着吉祥和喜气。老板是一个朴素的姑娘，戴眼镜，斜刘海，包煮饺子的年轻人是她爱人，两人系围裙，都干干净净。馆子也不大，仅有五张桌子，客人来了，吃上一碗热乎乎的饺子。我常常在角落的位子安静坐下来，享受虾皮、香菜、紫菜、葱花、芝麻、辣椒油、香醋、大肉、骨汤混合在一起的美味。没有热情招徕，无须应答，反倒叫我这样有遁世之心的懒人更为自在轻松。

闭门非为老，半世是闲人。不想了，什么也不去想了，做一个在光阴里双手合十的女子，邀青山入座，引秋水烹茶，以素雅的陶瓷茶具，同二三人共饮，得半日之闲，抵十年的尘梦。植蔬、芟草、灌花、采药，门前杂树花木，所居住的陋室，有朝南的窗户，风来即阖，风停则开，随风来去，旧桌一张，古帖一部，以最清的清寂，最寂的寂静，最静的清静，将这世间的情爱与繁华，统统拒之门外。

年已四十有余，自觉已无雄心壮志，只求安心之法门，在碧潭深涧、长松茂林之侧，收草木清香之味，赏露水犹滴之翠竹，读一读陶五柳、看一看陆放翁，与之同座共饮，于云水中载酒，松篁里煎茶，山林下著书，花鸟间得句，在方寸之间愉悦身心，不累于外物，不累于耳目，人间拂意之事，涣然冰释，在烟波浩渺里做一个清风瘦骨的闲散人。

“蛤虫有钻地之法，蚂蚱有飞墙之功……凡此百虫，采天地精华……集古今灵气，邀日月为友，居天地为宅，上通天气，下接地气，子时纳阴中之阳，午时采阳中之阴，尽赏美景畅享良辰。”相较之下，好山好水，富贵之人役于名利，贫贱之人役于饥寒，很少有人领略其美和风光，只有知足、得闲的之人，才能乐在其中罢了。

放弃今日就没有来日，不惜今生就没有来生，日月星辰，山川草木，飞禽走兽，以心观照，万物有灵，皆可爱至极，愿每一个人都能做真实的自己，对世界万物深情以待，莫若青竹，待生命终极时刻才去开花，就真的来不及了。

忙点俗事儿

先民穴居山谷，人食谷，谓俗。

可你若说某个人“俗”，人会以为你在侮辱他，定不答应。

也难怪，俗总被人和庸俗、恶俗、低俗、媚俗捆绑在一起。“俗”虽不语，但早已经恶名在外。

然而这实在是冤枉了俗。

实际上，“俗”本身并不是人们理解的那个“俗”。俗，是平凡、普通，是草根、百姓。

俗，到底是怎么俗的？

农村。

饿时，舀水，烧锅，蒸米，煮茶。

忙时，弄弄屋外篱笆和地里西瓜，拢拢院里的葡萄架，还有爬了满墙的喇叭花。

闲时，看狗撒尿，牛汲水，鸟叽喳，猫打架。

累时，一根烟，一口酒，一杯茶，茶余饭后，聊聊八卦。

如果兴致来了，还可以剪个窗花，摇会儿纺车，绣一个鸳鸯戏水或者是喜鹊闹梅。

最享受的是，肥鸡吃谷，黄牛吃草，家里谷满仓、粮满囤，媳妇儿又给家里添了个娃儿。

城里。

白天，脚上趿拉着拖鞋，胳膊上提溜着筐子，冲进小市场，尽情淘它一把。

晚上，可散步，可舞剑，可练拳，也可和着《最炫民族风》，就广场舞和大妈一较高下。

俗人，大多怕媳妇儿、爱儿子、心疼妈，心里顾不上国家大事，只能装下他的小家。

但说来说去，俗本身没有什么不好。

只是，荤话，低俗；拜金，庸俗；逢迎，媚俗；虚荣，恶俗。“俗”的名声都是被“低”“庸”“媚”“恶”这些东西给败坏了。

提起俗，就想到雅，有说“大雅若俗”或“大俗似雅”的话，但若依了如此牵强的饶舌辩证，那就真的“俗”了。

柴米油盐酱醋茶，琴棋书画诗酒花，哪个俗，哪个雅？

俗，或许没有阳春白雪和钢琴，却有戏曲、二胡和唢呐。

仔细想想，俗，其实是生命的原色和本真，如蜘蛛结网，如燕子衔泥，如蝶儿破蛹，是曾经无知的放弃，而今却想努力寻回的东西。

有些俗，是自古到今，祖先遗留下来的文化遗产，我们不能放弃，像民俗。

有些俗，是千百年的习惯、风尚、礼节，那是我们的根。

我们愤世嫉俗，也入乡随俗，允许超凡拔俗，却鄙视伤风败俗，但也不艳羡惊世骇俗，因为这也是一种媚俗。

诗词里，有熟而又俗的场景：“最喜小儿无赖，溪头卧剥莲蓬。”“斜阳古柳赵家庄，负鼓盲翁正作场。”没有故弄玄虚，浅显，直白，大俗！但“古人胸次潇洒旷远，毫无渣滓，何其大也！”

还有个写诗的酒疯子李白，喝醉了叫高力士为自己脱鞋，真俗，但他的赤子心、无机心，让人喜欢他的诗，欣赏他这个人。

无聊的时候，喜欢看本山大叔的小品，插科打诨，妙趣横生，歪批正侃，有感而发，连捧带逗，俗到极致，但看得人心里透亮。

其实，日子就是这么过的：捞干面，就大蒜，醒了吃，累了睡，草根一点儿、市井一点儿，按本色行事，照最自然的状态，讲点俗语儿，听点俗曲儿，忙点俗事儿，挺好。

雨天闲吃茶

十月半，秋雨霏霏，我们在景洪市一条街巷的茶店品茶。

老板是位中年女子，粉红 T 恤，黑皮肤，没有太过热络，轻轻点头，招呼我们落座品茶。她的小儿子正趴在茶台上做作业，见来了客人，自觉将书本作业挪到里间去写。

货架、茶筐、纸箱里都是不同年代和品相的茶，绣球滇红、布朗山茶、南糯山生态茶、老班章等琳琅满目，南瓜、窝头、小碗、饼状造型不一而足，还有很多高中低价位不等的散茶。想要摒除低劣的台地茶，买到上好的高山纯天然古树茶，只有靠自己的慧眼去选。

围着茶台坐下。桌凳敦沉厚实，茶盘金黄油亮，估摸是缅甸黄金樟。

我们点名要尝景迈古树茶。老板微笑，刚好有今年新下来的春茶。

白瓷盖碗，烧水，水沸，洗茶，沏茶。

端杯轻嗅，一股温润清新的茶气飘进鼻息。这一泡，茶汤清浅透亮，入口，微苦涩，香味清淡舒服；再泡，茶味高扬，浓烈放肆，口舌回甘；再泡，茶汤深红，口感醇厚，滋味绵延；再泡，汤色油亮、气韵芳香、回甘生津……

老板说，这古树普洱，可二十泡，年岁越久，茶味儿越浓，茶汤越厚。而我们啜饮三杯，就已脸红手热、步履沉重、小醉微醺，但口舌间对那茶汤还有着欲罢不能的瘾。

我记得有人说这普洱茶第一泡是“人生若只如初见”，第三泡是“豆蔻梢头二月初”；第六泡“最是橙黄橘绿时”，第九泡“意犹未尽不思还”……可我们却觉每泡都各有滋味，泡泡都精彩，完全无法分辨第几泡更加迷人了。

再尝熟普。苦涩退去，香气尽显，并且茶汤醇厚，香甜持久……那是自然了，在群山环抱，山峦叠翠的“千年万亩古茶园”，几百或上千年的古茶树本就拥有着天然的神韵和灵气，而生茶陈化、熟茶焙炒的过程中，那些独有的东西依然伴随，人品饮老茶时，依然能够品味到它高香或绵甜的神韵，与其神意相通。

茶亦醉人何必酒，书能香我无须花。再听一听那老板讲的古茶树与茶人的故事，便更叫人心动了。每人买了几两，包好出门。

天麻麻黑，民航路上的路灯被绿色藤萝包围，椰子树高高矗立，遮蔽屋顶，街上电摩来来往往，一个穿淡蓝色连衣裙、白色高跟鞋的年轻女子在思茅二中鸡脚店买了微辣的鸡胗、鸡脚、鸡翅和老挝黑啤，举包遮头穿过雨雾，不知从哪个角落传来了循环播放的老歌：“在年月深渊望明月远远，想象你幽怨。俗尘渺渺天意茫茫，将你共我分开。断肠字点点风雨声连连，似是故人来。”街道水洼亮闪闪的，恍若梦中。悠悠凉凉，那种小情小调简直要迷死人。

一个卖电动车的商行老板，见我们未打伞在雨里溜达，喊着：“哨哆哩、猫哆哩（意为：美女、帅哥），坐坐，喝茶嘞！”

一张简易的小木桌支在屋檐下，桌上是新泡的普洱和切好的小块酸木瓜，一包辣面。

老板用牙签给每人扎了一块，蘸了辣面递给我们吃，我们酸得直嘬吧嘴。

串串雨水从屋檐掉下来，颗颗砸碎在脚边，我们坐在檐下闲聊。老板的车行生意一般，却也不赶不急，他说，世上总有干不完的活，挣不完的钱，急什么。于是每日都是打理小生意，喝喝茶、看看雨、说说话，少了份浮躁，多了份闲心。

“不羡黄金罍，不羡白玉杯。不羡朝入省，不羡暮入台。千羡万羡西江水，曾向竟陵城下来。”不由想起了陆羽的《六羡歌》。

我想，每个小小的茶仓里，都承载着宇宙和自然，你坐在那里品的是茶山上的雨露和草木，心灵会慢慢沉淀下来。所以很多人喜欢“泡茶馆”，一泡就是一天，聊天，读书，写字，消磨时间。茶是雅物，亦是俗物，本就和光阴纠缠在一起，沾染了人间烟火，正因如此，才叫人爱得入骨吧。

人来人往的小城，细雨微润街道，街边桥上、拐角或阴影处有人卖菠萝、柚子，街道两旁的朱瑾花开得正艳，日子就这么闲闲散散过下去，安静得如这一滴雨，隐于红尘，天荒地老。

抬眼看了下暮色里朱漆的“茗香阁茶楼”，心想，若有一天，我也能在临水之地置间茶舍，窗外细雨潺潺，屋内炉火融融，我抱一卷旧书，修一时清简，把万事抛开，闲闲吃茶，这人生啊，才算是享了清福了。

风物闲美

书法里最喜小楷，如深山里的一朵小花，端庄清丽，气定神闲，平和简静。

红尘扰攘，绣女只是安静地绣一朵花、绣一只鸟、绣一片云。她分明在忙，但你看着她，却觉得她把日子过闲了。因为内心存放着一份欢喜，才让人有说不出的静与美。

松间听风，临瀑听水，在山林的晚照里，看飞鸟结伴归来，远处的南山也悠然映入眼帘，陶潜在东篱下采菊，醉于他的田园乐趣，那种闲适自得、悠然畅然的心境，如他在《游斜川》诗序中所写："辛丑正月五日，天气澄和，风物闲美。"

古时"闲美"同娴美，这两个字亦美，如一位古装女子临窗梳妆，柔美如画。

消遣一个无事的下午，不计较时间一点一点消逝，不为未来的日子做计划，河里流水汤汤，岸边菖蒲繁茂，折一把菖蒲，以红纸包裹，以绳缚之，倒挂于门楣，不为驱蚊、驱邪，就喜那隐约的芬芳。

清风下野花杂草的绝逸，雪夜里月光的皎然空明，只有心静的人才能享受，水和树木的荣枯，竹子和石头的消长，也只有清闲的人才能领略。此之谓：风月木石的真趣，只有闲与静者得之。

逃开繁杂无趣的日常，一壶热水，一盏清茶，一卷旧书，在午后阳光下放纵，日子也就交付了。

红尘万丈，人奔如陀螺，求之愈多，内心愈是盼着停下来，哪怕做个闲人，遛鸟、喝茶、看花，归去来兮，田园将芜胡不归。

看这炉上之水，叫得欢腾，却时刻煎熬，似那终日奔忙于名利场的人，表面风光热闹，却富而不贵、稳而不定，如一粒跳跳糖，不知自己下一步跳向何处，在不断蹦跳中耗尽气数。

林清玄先生也曾忙于浮世里的各种热闹，开不完的会，永远的觥筹交错，生活热闹得似起风的海，浪花飞溅。他许是意识到什么。于是他在事业走到最高峰，生命最喧闹时转身，到深山里的一座禅院清修。

隔离了万丈红尘，在晨钟暮鼓、册册经卷里沉潜。你再看他，面如秋水，平静安然，眉目间竟然生出一种隐隐的仙气。

冷落处存一份热心，便得许多真趣味。匆忙的时光里，若都是潦草的章节，又有何意趣？捻指一算，这一生许多事，少了，其实是多了，短了，其实是长了，远离繁华，却守住了繁华。若匆匆奔忙如无脚之鸟，才是对自己人生最大的敷衍。如张潮在《幽梦影》里说的那样：春听鸟声，夏听蝉声，秋听虫声，冬听雪声，白昼听棋声，月下听箫声，山中听松声，水际听欸乃声，方不虚此生耳。

人生何处为高？闲处为高。

读《浮生六记》。夏日，荷花晚上含苞、清晨绽放，陈芸以荷花为容器，小纱囊搓茶叶少许，置于花心，翌日取出，烹天泉水泡之，香韵尤绝。得半日之闲，陈芸品的并非茶香，乃是生活的意趣尔。

江山本无主，闲者是主人。当一个人的灵魂无处寄放时，不如给了山水、花草、自然，于山中静坐，松花酿酒，春水煎茶，揽白云入窗，盈清风入怀，花开成景，花落成诗。

“几时归去，作个闲人。对一张琴，一壶酒，一溪云。”

平素里，在晨光里转醒，屋内炊烟升起饭菜飘香，屋外鸡儿跑狗儿叫，堂前绿槐成荫，檐上绿苔覆上青瓦，午后，与友小酌，浅醉，谈书论画，日光丰盛，此番风景，是为最美。

“既然无处可逃，不如喜悦。既然没有净土，不如静心。既然没有如愿，不如释然。”一念清净，一念莲花开，心只有闲下来，才能拥有花开花落般的风轻云淡。

焚香寄意，抚琴而歌，窗外一片春深，屋内三两知己，红泥小火炉，尘世中静坐，以品茶的心品悟素常，日子不觉间又过了一大截。

把岁月写在荷花上

每年初夏，都要去很远的地方看万亩荷花。但常常是有空的时候花尚未开，待花开时，自己又恰好忙得晕头转向，若等到下次再去，已是一池的颓枝败叶，余晖残蓬，心里不免遗憾。

十万狂花入梦寐，天下之大，不论八大山人还是张大千、黄永玉，凡我所见，任谁都钟情于荷花，痴荷爱荷者，又何止我一人。

喜将周敦颐的《爱莲说》诵之朗朗："水陆草木之花，可爱者甚蕃。晋陶渊明独爱菊。自李唐来，世人甚爱牡丹。予独爱莲之出淤泥而不染，濯清涟而不妖，中通外直，不蔓不枝，香远益清，亭亭净植，可远观而不可亵玩焉。"反复玩味，竟觉此说即是荷本身，因此"说"更接近荷之灵，亦因荷更觉此"说"之余味悠长。

见金农所绘的《荷塘忆旧图》：长廊，栏杆，荷叶清丽，一蓬又一蓬。一人凭栏赏荷，一瓣山光水色，一缕粉蕊燃霞。画面含蓄温暖，空白处，金农题自度曲一首："荷花开了，银塘悄悄。新凉早，碧翅蜻蜓多少？ 六六水窗通，扇底微风。记得那人同坐，纤手剥莲蓬。"

隐隐约约，闪闪烁烁，画中有景，景中含情，满池荷花，清香四溢，静默无言，如此画意，如此诗情，将情绪推至极点，恍若自己就是那画中之人，赏万亩荷花，与美人同坐。

亦终于得知骚人墨客为何如此钟爱荷花了。山衬着水色，水映着花靥，满池荷香，朵朵娉婷，清香远溢，凌波翠盖，那番从容淡定之态，是最柔软的倔强，最热烈的清凉，最天真的深沉，最简单的复杂，最潦草的明媚，内心千军万马走过，表面也波澜不惊。只是，每人赏荷的角度不同，心境不一，所写、所画之荷也各自生姿。

八大山人的荷花不是春色娇艳、欣欣向荣的鲜花，而是浅水露泥，荷柄修长，是残叶败荷，“溅泪”之墨花，一如他一向的画风，凄凉寂寞，冷意逼人；张大千赞荷花“君子之风，其清穆如”，在居住的庭园内，通常要开辟池塘，遍植荷花，即便在环境稍局促的摩耶精舍，他也用几只大缸养满荷花，所画之荷素净纯美，高洁清妙；荷痴黄永玉，儿时为了躲避外婆的责骂，常逃到荷塘里，躲在荷花底下，看那些苔、草，他的画作中那种光的反映、色彩的关系非常丰富，画的主体突出，色彩斑斓，厚重而有力。

“山有扶苏，隰有荷华。”“彼泽之陂，有蒲与荷。”“荷钿小小半溪香，水凉风搅一池荷。”“莲花迎我至，婀娜我自痴。”“荷叶罗裙一色裁，芙蓉向脸两边开。乱入池中看不见，闻歌始觉有人来。”一首首小诗，是荷韵花灵，藏着露水风味，月色清香，字字催人心迷神醉。

记得很多年前，我去洽川看荷，荷叶田田，绵延数十里，满池的浅红深碧，层层叠叠，密密麻麻，炎炎夏日里总见清凉，一种按捺不住的清凉；总见孤寂，一种抵挡不住的孤寂。如此景象，怕是最易引发诗情吧，才子佳人赏荷、画荷、写荷，托荷寄情，一生为荷痴迷，相逢如初见，相看两不厌。

佛教说“花开见佛性”，这花也指荷花。因荷乃花中君子，神圣洁净，万花之中，数荷花最大最盛，柔软素净，代表庄严妙法，坐其上花却不坏，被升华为天上之花，有别于人中之花，“人中莲花大不过尺，天上莲华大如九车盖，是可容结跏趺坐。”于是荷花成为佛教的象征。

忍不住也学人种荷花。买来一口黑底白边的瓷缸，缸底铺一层半尺厚沤好的塘泥，当然，还得先磨莲子。我把种子圆头的那一端磨破，放水里浸泡，待冒出芽茎，再移植到缸中的塘泥里。约莫一个星期，有荷叶冒出来，再过几日，荷叶长大了，还粉嘟嘟地生出一个花骨朵，再过几日，荷花也开了，不知什么时候，旁边还伸出来一个小小的莲蓬，散发出摄人心魄的清香。

但凡华丽鲜艳的东西总是难以入心，我曾见过牡丹的华贵，菊的清傲，但说来也怪，这荷花却真是例外，它既硕大也壮丽，却一样摄了人的心，或许是它华丽的外表下还装着一份天真、一份执拗、一份情怀，才会让人魂牵梦绕。

你看，每一朵荷花，都是从一颗莲子开始，在污泥中挣扎，一寸寸长壮，一尺尺拔高，最后在阳光下惬意舒展。每一片从淤泥里生出的叶，都拥有属于自己的姿态。一场风雨，荷花静默，转而嫣然。虽身处黑暗，依然是清水芙蓉，保有对世界的热忱与厚爱，那种气象与格局，必是历经苦雨荆棘坎坷而来。

深秋时节，我再去看荷。万亩残荷，颓枝败叶，却清风透骨，不堕污泥，残而优美，颓而雅致。荷，生得绮丽、死得肃寂，生与死在这里实现了一次宏大的转场。

人说荷花出淤泥而不染，那淤泥是什么呢？或许是它的磨刀石，是它的炼钢炉，也是它的养分肥，是它走过的每一个平常无华的光阴。浅淡生骨，静心为水，入泥三分不染尘，出水三分不媚世，剩下四分，于风中肃立，得失从容。

手中的荷叶茶，味淡苦、气清香，有着千帆过尽的沧桑与从容，忽然觉得，荷花的岁月里，每一个过往都是成就，我们嗅荷香，赏荷花，品莲子，也把生活化成了蜜、写成了诗、酿成了酒。

粗瓷质的碗，蒲扇摇的风

“茅檐低小，溪上青青草。醉里吴音相媚好，白发谁家翁媪。”

泥土，菜地，野草，大山，去了就不想再回来。

午饭时间，农人在菜地里割韭菜、抽蒜薹，一会儿一大把，拿着自制的钩子去勾树上的香椿，一会儿又一大把。

锅碗瓢盆一响，香气扑鼻而来，下锅的食材可清炒、可凉拌、可腌制，可劲地满足自己的胃。舒坦！

这时，风卷着布帘，卷着泥土香，飘了进来。

在野外溜达，从斜坡上采了黄的、紫的、红的一大捧野花，找来一只干净的瓶子，放在窗台上，那小花的模样，就像一个村家的小女孩，没有大红大紫的美，却透着无比的清秀曼丽。

再揪一根小草，编了一个指环，套在无名指上，对着阳光，举起，手指纤瘦细长，指缝里流动着光，美滋滋的。

花儿静静地开着，野草闲闲，田地与荒原连成了一片，人声寥落，长风浩荡，开心得忽然就想去浪迹天涯。

无来由地喜这低温的时光，草木安静，溪水清凉。

想起张错的《山居》：“默默淘米煮饭，再把卷心菜一刀切了，山居的日子，就是如此的断然与无闻，粗茶与淡饭。日子是无声的，所以言辞显得笨拙了，山居是无人的，所以礼仪也疏忽了。天气凛寒的山岭，清晨推窗，有雪，佳。”

说得多好！山居的日子，断绝与尘世瓜葛，秦岭逶迤绵延，灞河悄悄流过，天色微冷，粗茶淡饭，民风拙朴，没有逼仄的错乱，只是浓浓的烟火、淡然的心境，日子饱满温润。

“秩秩斯干，幽幽南山”，想那溪涧之水蜿蜒流淌，南山景致青翠幽深，暗香幽冷，草木清气，此刻，人已入诗、入画。

柜子里叠着干净的旧衣裳，和着檀香味儿。这些旧物，像素颜迎着一场蒙蒙细雨，在记忆的角落妥帖、微凉。

那旗袍，是十年前找民生商厦的裁缝定制的，淡黄的底儿，豆绿的叶儿，斜襟铁锈红的盘扣，那时剪着短发、涂着口红，穿着它走到街上、人群里，细腰肢、高跟鞋，袅袅婷婷，多美啊！

如今是不敢再穿了，怕误了这旗袍的美，更不敢面对这匆匆而过的年岁，仅在淡淡的回忆里，藏着一个清清凉凉的人儿，回味着。

黄昏时，行走在空旷疏朗的田埂，四周岑寂，偶有虫鸣起落，好似有什么东西打通了通往内心的道路，那一刻，华丽褪去，滋生清凉的欢喜。

低温的日子里，芽尖茶是清香的，心是素淡的。日子就这么虚度着才好。一分一秒都过到了心里，空空的、凉凉的。

晚上的月亮也是凉的。老人在满是月光的院子里，默默地抽着烟，长长的孤影拖曳匍匐在地上，像是载着他的船，朴素，安详。此时，露水光阴，从绿叶滚落，如碎落之玉。

一粥一饭，一花一枝，粗瓷质的碗，蒲扇摇的风，原来好日子，真是凉的。

在天地间听雨

听雨，最好在亭下。

池塘云遮雾罩，风拥雨来，落于荷叶、池塘、翠竹、芭蕉，你看得见，又看不清，只见雨珠儿跌跌撞撞扎进水里，落在叶上，砸在石廊。

沙沙，当当，咿咿，叭叭，像演奏一首交响曲，时慢时急，时高时低，时响时沉，时断时续，从C调D调到E调，你就那样听着，用耳朵感受那冷雨的迷蒙，触摸那沁入心脾的空灵。

眼睛看雨，看的是景，耳朵听雨，听的是心。听雨，那一种境况，是心与天地的会晤。

人说，所谓孤独，无非，读诗，咬笔，倚窗，拨发，听雨……

这世上，有人随波逐流，有人浮躁的心偃旗息鼓，一副贞静清宁。

檐下听雨。

雨从房舍青瓦上滴下来，如金声玉振，黄钟大吕，珠坠玉盘，嘈嘈切切，震荡着耳鼓。

放一只铁皮斑驳的老桶，看雨水一溜儿地自屋檐而下，溅起半尺高的水浪，不消一会儿工夫，水就明晃晃地溢了出来。

院子里的草、花、树都被浇灌到了，雨露均沾，没有一丝遗漏，个个往上冒，长得极为欢实。

恰暮春时节，若是有紫燕绕梁，野草招摇，袅袅炊烟曼起，调皮的孩子再蹦出来踩水，那烟火味儿就更浓了。

在农家，雨水是天赐，一滴也不浪费，待天晴了，用雨水浇花、洗池、冲掉雨鞋上的泥块儿。

这时，雨气儿最浓，一股子浓重的土腥味儿。

贾平凹先生在《静虚村》中写道："如今，找热闹的地方容易，寻清静的地方难；找繁华的地方容易，寻拙朴的地方难，尤其在大城市的附近，就更其为难的了。"

这样清静的地方，最适合在江南，在飘着江南丝雨的画舫间。

于画舫听雨。

青石小巷，琵琶细语。缠绵丝雨不紧不慢地勾勒着古色古香的绿树白墙、小桥流水、亭台楼阁，描出了一个美轮美奂的锦绣江南。

烟雨中，一把油纸伞，一条古巷，两岸人烟。有人泛舟垂钓，雨丝乱入湖中，山水迷蒙，一派禅意。

船在水中，身后万重山，你枕风入眠，听那悠悠江水、凉凉筝音，空空、寂寂、凉凉，一切太过动人，这一定是假的。

竹杖，芒鞋，一蓑烟雨。能听出诗情画意来的，唯有雨，清凉的雨，浪漫的雨。

"我夜坐听风，昼眠听雨，悟得月如何缺，天如何老。"

谁也不要抢，我要独享寂寞，独享那份清宁。

反复读蒋捷的《虞美人》：

少年听雨歌楼上，红烛昏罗帐。壮年听雨客舟中，江阔云低，断雁叫西风。

而今听雨僧庐下，鬓已星星也。悲欢离合总无情，一任阶前点滴到天明。

读得心里滴水。

也曾放荡不羁，少年不识愁滋味，也曾东奔西走、四处漂流，而今，风飘飘，雨潇潇，风流总被雨打风吹去。

听雨，听出了人间大意、天地苍茫。

李可染的《春雨江南》：房屋、拱桥、柳枝、远山，在蒙蒙春雨里笼罩，苍润淋漓，湿气氤氲，空蒙透彻，那气息径直扑到你的面门上来。

“心开窍于耳，藏精于心。”我知道，他一定是用心听过那雨，才能画出雨的精灵来。

“我们看夕阳，看秋河，看花，听雨，闻香，喝不求解渴的酒，吃不求饱的点心。”

生活，还是需要一些无用的事情去装点，比如听雨这件事。

闲，是一种难得的情调

读平凹先生的《闲人》，一个活灵活现的闲人就一跳一跃地迈着雀步过来了，你看：他趿着鞋，光身子穿一件褂子，也不扣，笑笑地对你说“喂，哥儿们！”说话时，一支烟在嘴上左右移动，间或喷出一个极大的烟圈，拖鞋里的小脚指头也不安分地一开一合地动，实在是一副非主流、不务正业之态。

然而，东转转、西游游，不急不促，若烟若云，神态里就多了几分随性，添了几分洒脱。

闲人有闲情，还有趣。

儿时的汪曾祺，常常嘴里含一根草，在软草浅沙之中躺着看天上的云，斗蟋蟀，养金铃子，用染了色的绢糊风筝，拿拉秧的小瓜雕花灯，吃完大鸭蛋，就捉几只流萤放在壳里玩儿；年轻时，更是自由散漫、吊儿郎当，高兴时就上课，不高兴就睡觉，晚上泡茶馆、上图书馆，把黑夜当白天。

他贪吃，贪喝，贪玩儿，却写了那么清丽脱俗、舒卷自如的性灵文章，想想也是自然，一颗赏花看月、纵情山水的心，文章自然会生出灵气来。

有闲情的文人不在少数，他们月下听琴、花间品茗、山中访友、水边吹箫、雪里寻梅，调素琴，阅金经，无丝竹之乱耳，无案牍之劳形，把闲玩当成了人生一大雅事。

李渔闲得慌，把生活中的装饰打扮、房舍园林、居室布置、古董器玩、竹木花卉、饮馔养生、美人尤物等琐屑之事写了一本《闲情偶寄》。李渔欣赏女子衣裙，他说："裙制之粗细，惟视折纹之多寡。折多则行走自如，如湘纹易动，无风亦似飘曳。"并且对百褶裙、月华裙、弹墨裙描述得委婉细致、颇有情趣。

沈复爱花成痴，他的《浮生六记》写夏月荷花初开时晚含而晓放，陈芸"用小纱囊撮茶叶少许，置花心，明早取出，烹天泉水泡之，香韵尤绝"。每见荷花开，就不由想起这段，好似嗅到了一缕缕荷花的香气。陈芸说："君画我绣，以为持酒之需。布衣菜饭，可乐终身。"沈陈两人在家同做盆景，夜游沧浪亭赏月，化妆去看庙会，相伴游太湖，月光下喝酒写诗，一起做点无用的事情，打发时光，却闲得有情调、有滋味。

由此来说，好文章，或许也是闲出来的吧。

丰子恺先生的画作《人散后，一钩新月天如水》也值得人反复玩味：空中晓月一弯，地上藤椅两把，桌上茶杯几盏，不见一人，却看见了月白风清、满怀情韵。老先生在乱世生活困顿之时，迁居荒村，种豆、种菜、养鸽，调解鸡、狗和大白鹅的伙食纠纷，这份闲散淡逸的心是多么难得啊！

知堂先生讲，喝茶当于瓦屋纸窗之下，清泉绿茶，用素雅的陶瓷茶具，同二三人共饮，得半日之闲，可抵十年的尘梦。有一份闲心，读书，品茗，抚琴，临帖，书中妙理，茶里清欢，皆通真意，此生幸甚。心闲下来了，冰冻的心就融化开来，随物赋形，素常的小日子，就过出了大境界。

听说，闲，是门中窥月，心灵的呼吸；忙，是俗世的纠葛，心灵的死亡。人因时而动，也因时而藏，闲玩之法，生息之道。但如今的我们，舍弃了闲适、闲怡、闲情，孜孜以求的是什么呢?

想起了老树的那句：不屑与世相争，平然淡泊此生。心存一个闲梦，其他随了秋风。其实，闲，也是一种难得的情调。

活成一杯茶

如雨入湖，如风吹雪，时光扑簌簌落下，一回首，哦，原来已经走过了几十个冬雪与夏雨啊。总会在某个时刻，前尘旧事悉数翻过，那一瞬，像是走过了长长的一生，而已经逝去的时光，却恍然如昨。

人都怕老，不由对时光肃然、虔诚相待。但时光滚滚而来，人生总有缺憾。看大卫·芬奇导演的《返老还童》，本杰明出生，老态龙钟如怪物，丑得像只旧罐子，被亲生父亲遗弃，但养母依然把他当成上帝的孩子，视他如珍宝。别人从幼到老，而他逆生长，越长越年轻，四十多年过去，他变成一个二十出头的小伙子，拥有了自己一生的挚爱黛西，并且有了自己的女儿，却担心自己愈来愈小的样子无法和妻女相处，一个人离家独自去看世界。多年后，黛西找到他，当白发苍苍、满脸皱纹的黛西牵着已经返老还童的本杰明的小手，把他抱在怀里，像抱着自己的儿孙，枯干的双眼深情地凝望他，静静地合上双眼，就像平日夜幕降临时的告别："晚安，本杰明。""晚安，黛西。"

时光绝情，生死离别叫人伤感，然而缺未必是憾。正是生命的不完美，成就了人生的圆满。在马不停蹄地老去的光阴里，爱着，痛着，体味着，赞叹着，看过了世界的美丽，也看惯了生活的伤痕，在爱人的怀抱里静静离开，其实是一种难得的幸福。

张爱玲一生离群索居，晚年的她不接电话，别人给她写信，她也许几年之后才拆开来看看，出版社的人和她联系，只能给她公寓隔壁的杂货店发传真，她把宝贵的精力投放在自己最为看重的文学创作上。最后，人们发现她，是看见她躺在门边的一张蓝色的毯子上，穿着她最爱的旗袍，已经离开。人说她年老色衰、孤苦伶仃、晚景凄凉，可她不在人际交往中浪费时间，选择了自己喜欢的方式安度余生，她写："在没有人与人交接的场合，我充满了生命的欢悦。"她写书、画画、设计服装，对音乐、舞蹈、戏剧等其他艺术有极深的见解，如此丰盛茂密的内心，即使老了，又如何会寂寞？即使离去，又有何遗憾？

若我老了，会坐着老头子的三轮车，去樱花道看樱花开落，像孩子般伸开双臂仰着面庞迎接樱花雨。也或许会背着儿孙偷偷去和姐妹们打牌，为一毛两毛争得面红耳赤，打完又挽着手臂一起，一团和气。没钱也要玩好，绝不浪费时光。

我不庸俗无聊，也不孤僻隔世，保持内心的天真和精神的明亮。不管岁月如何提醒，依然要写文章、画画，要染了黑发，穿红戴绿，去和一群人跳广场舞，要搽粉、涂口红，穿喜欢的红裙子、丝袜、高跟鞋上街。即使老了，要像妖精一样明媚地活着。

我保持敏感的心，去感知世界的温度。把自己活成一杯茶，悲在其中，喜在其中，孤单、惆怅都在其中，就这么一杯一杯喝下去，一边品尝寂寞，一边享受寂寞。

闲爱孤云静爱僧。也独处，会蹲下来看花开。在花藤架下打盹儿，听梧桐树上鸟儿鸣叫，看蚂蚁搬家，老老实实善待每个日子，那些恨过的，伤过的，痛过的，一笑泯恩仇，不喜欢的，来世也无须相见。

晨起，清水洗尘，为家人买豆浆包子油条；午间烹饪，在喧闹的菜市场买西红柿菠菜和青椒，讨价还价不亦乐乎，然后喜滋滋提着红红绿绿的塑料袋回家，过小桥流水般的生活。或素衣布履，于闹市倚杖，街上人声鼎沸，霓虹闪烁，而我，内心清凉。我在暑里摇扇，在寒中取暖，老得干净，老得清香。我不怕老，越老越好。

一个人发呆也好。阳光透过窗户打在我的老沙发上，我眯缝着眼睛，无精打采，无事可做，懒懒的、闲闲的，不惊不扰，白发苍苍，面容平和，纽扣大的小黄花在我身旁盛放，有着那样淡定姿态的我，亦是美的。

在我告别世界的那一刻，也默念："愿我来世，得菩提时，身如琉璃，内外清澈，净无瑕秽。"就这样，我老得如茶香，静坐而白云满碗；老得如诗行，薄语而亦素亦美；老得似花开，缓慢而枝上生香。

岁月赐予我的辽阔、清宁、安静，稳妥、踏实、肯定，我终将给岁月一个最厚实的交代。

冬天做的事儿

窗上冰，瓦上霜，柴堆雪，柔软洁白的冬天到了，上帝无所事事，便把一些好玩儿的事儿都藏了起来，看谁最先发现与开启。

乡村傍晚，天黑，地白，雪空舞，青石傍门冷如铁。穿着棉鞋的脚不意间踢到，就会“哎呀”一声，缩起来在原地打转。但推门进屋，屋内炉火蒸腾，却是另一番景象。

一家人围炉而坐，母亲用铁棍捅了捅炉火，蓝色的火苗就呼呼往上蹿，火光把她的脸映得通红通红的。父亲的砖茶沏得酽酽的，放在炉子边上，喝上几口就续点热水，热气腾腾。孩子们绕在大人膝边缠着大人讲故事，那故事讲很多遍了，来来回回就是坐山雕、小常宝、李玉和，孩子们开始听得津津有味，后来却趴在膝头打瞌睡。

人们在炉子上烧水煮茶，也烤包子、烤红薯。包子是豆腐粉条和猪肉馅儿的，架在铁篦子上，小火慢慢烤，等一面焦黄，再翻过来烤另一面，直烤到馍皮又油又脆，掰开包子馅儿，吐噜吐噜地往外冒热气。红薯煨在炉膛里边，一点点转着烤，烤得流油，外焦里黄，软软和和，香气扑鼻。

儿时穿的棉袄棉裤，是长辈一针一线缝起来的，用的是当年打的新棉花，县城扯回来的素花布做面子，软和的旧线衣改的里子，穿在身上舒服又暖和。想要度过天寒地冻的冬日，棉袄棉裤早早就缝好，另外，毛线帽、护耳套、棉套袖、棉窝窝，从头到脚都捂严实了，才能抵住外面的寒风。小一些的孩子们的棉袄袖口都做成马蹄形，孩子鼻涕下来了，顺手呼啦一抹，真是方便。

到了晚上，一家人睡火炕，炕洞里煨了锯末儿，铺在炕上的篾席烫如烙铁，人躺在暖和的棉花褥子和粗布床单上，舒坦极了。外面北风呼啸，把窗户刮得砰砰响，睡觉时盖一床棉被，上面再压一床棉被，两床被子中间是一家人的棉衣棉裤，等第二天起来，胳膊腿往进一伸，袖子和裤腿还是热乎的。

午饭后，雪住了。两人一堆，三人一群，捡个避风向阳的角落，背靠土坯墙“晒暖暖”。有的把长满老茧的双手操在袖筒里，有的腰里扎根腰带、手里端着烟袋锅锅吧嗒吧嗒抽烟，树墩上坐的，地上圪蹴的，碌碡上蹲着的，只待村里某个见过世面的人一开腔，气氛就活跃起来，上天揽月、下河捉鳖，谝得五马长枪、神乎其神的，逗得人笑声四起，这简直是农家冬闲日子里最开心惬意的事儿。

小孩子们的游戏花样多。一到下课，利用短暂的课间十分钟“挤墙根儿”。三五伙伴分成两个队，靠着墙根儿占据有利地形，还没有人喊预备起，两帮人马开挤，左边的向右边挤，右边的向左边挤，若把谁挤出来了，又续到队伍尾巴后边继续挤，孩子们靠这种方式取暖，热火朝天，乐在其中。

课间的踢脚游戏也少不了。两人面对面站着，一边跳一边踢，左脚踢左脚、右脚踢右脚，还要念着口诀：“一个皮球俩娃踢，马兰开花二十一,二五六二五七,三八三九四十一,四五六四五七,四八四九五十一……”不到五分钟，全身就热透了。女孩子不愿意动弹，就坐在原地，前后座女孩面对面玩拍手游戏，大家戴着棉套袖，左手拍左手，右手拍右手，也是念念有词：“你拍一我拍一,一个小孩坐飞机；你拍二我拍二，两个小孩梳小辫儿……”最后越拍越快，直至一个人对不住手掌为输，满是冻疮的手指头也暖和起来。

大雪封门，天地凉飕飕的，麻雀找不到食，只能饿肚子，这时候孩子们最爱玩的就是“扣雀儿”了。先用笤帚扫出一块儿空地，找根木棒支起筛子，筛子下撒一把黄澄澄的谷粒儿，木棒下边系根绳子，自己拿着绳子另一头悄悄躲在远处，静静等着。等到贪嘴的麻雀蹦蹦跳跳去啄筛子下面的谷粒儿，孩子把绳子轻轻一拉，傻雀儿就被筛子扣住了，捕雀人的成就感满满的。

茫茫山野，百鸟飞绝之际梅开得最香。此时踏雪寻梅，实属雅趣。去林壑间折蜡梅，专寻枝柯奇古、花至半开者折之，那香与色可数日不减。家里的小瓷瓶插上一枝，看其俯仰、高下、疏密、斜正各具意态，老枝着新花，灰枝配白墙，暗香浮动，古朴的民房立刻活色生香，叫人心旷神怡。

冬天里有太多好玩的事儿，孩子们砸冰锥，舔冰凌，捕野兔，打出溜，堆雪人儿，打雪仗，雪地里踩脚印，玻璃上画画。大人们也趁农闲腌咸菜、吊粉条、点豆腐，到了饭点儿，男人下窖子拿出一棵带着霜花儿的大白菜，女人剥开洗净切好，炸肉丸子，温水泡把粉条，老豆腐也已切成一块一块的，孩子们早早坐在桌前眼巴巴等着。锅盖一揭开，热气蒸腾氤氲，女人眯着眼睛吹开热气，给大的嘴里夹一块嫩嫩的豆腐，给小的嘴里放一个金黄的肉丸子，一家人享受着冬日里最好的美食——白菜粉条炖豆腐。

儿时冬日情景犹在。现在的冬天，你可以躲在暖气房里看电视，也可以选择去大排档，烤羊肉、烤鱿鱼、烤茄子、烤韭菜一一排列，你听着那滋滋的烤肉声，闻着那独特的香味儿，再闷一口烧酒，人生快意，不过如此。

有雪飘落，如见花开

日暮，风起，雪落。这是几年来西安的第一场大雪。

在路边飞舞，落在冬青上，草尖儿上，飞进人家窗户，落在窗台，落在电线上，让人想起那一句“电线肿了”，显得有些滑稽。到了夜里，屋顶，瓦舍，建筑，树木，灰灰白白，如淡淡水墨，总之，世界全是雪的天下，天地间，雪是君王。

一片两片三四片，五六七八九十片。千片万片无数片，飞入梅花都不见。

若是你闲了没事，就数着玩儿吧，可怎么能数得清呢？铺天盖地，洋洋洒洒，混混沌沌。空中撒盐，柳絮飞舞，这世上最随心的，怕就是这天了吧，岁序更迭，晴雨在己，荣枯由心。

风无影，雨太急，雾惆怅，天地间，只有雪，给人“千山鸟飞绝，万径人踪灭”的寂凉绝境，让人安静下来，如坐古寺，如饮清茶，如见花开。

贾平凹讲，美人不是绢人，雪花并不算花。至于美人是不是绢人不大清楚，但我想，雪花一定是花。凡草木之花多五出，独雪花六出，但这六瓣花也不独雪花，栀子亦六瓣，二者一样的清冷、素净、雅致、洁白，一样玉琢琼雕、清丽可人、不染尘埃。

你看，它扎根于虚无，投身于人间烟火，在地上、山坡、岭上、空中、田地、江河到处开花，洋洋洒洒，不急不缓，让树叶变成花，让枯枝开花，让乱蓬蓬的柴堆开花，让灰蒙蒙的屋檐开花，让参差的青瓦开花，一溜溜开过去，像亭亭少女裙裾的花边，玉树琼花，银装素裹，满天狂花。它让爱情变得更美，只要在雪中走一走，两个人就白了头。

心若无尘，落雪听禅。有一种情愫，在清风明月里念起，抬头已是芦花飞扬。

在小树林踱步，雪花斜斜地飘落，我们踩着别人的脚窝咯吱咯吱走着，弹奏自己的音乐。灰色的树杈、绿色的草丛、褐色的枯叶、冷绿的杂草，从雪中穿出来，可爱而又调皮，冬青嫩绿的芽叶托举着雪花；它还落到女贞翻卷的叶子上、石楠刚刚冒出的红色芽尖上，松树上时不时地掉下来一团积雪，落地摔得四散，叫人禁不住诗情浩荡、美意长长。

唯一后悔的，是出门没穿高腰靴，厚雪不停没进休闲鞋里，不一会儿就化成水，冰着脚。大人们把小孩包成粽子，穿开裆裤的小男孩，撅着屁股用红色的小铲铲堆雪人，大一点儿的孩子跑来跑去打雪仗嬉闹。可平时不出来的人也都因下雪出来了，让人快乐，让人心里美着，多好的雪啊！

园中长椅上的雪有一拃厚，谁会傻得去坐呢？可是慢悠悠走来了一对老年人，两个人都裹得严严实实的，老太太显然是走累了，老头用棉手套拂去木椅上的雪，又使劲吹了吹，雪吹干净了，但椅上还有湿答答的痕，老头抬起胳膊，绕着取掉脖子上的围巾，把它叠成长方形，平放在椅子上，才让老太太坐下。老太太屁股挪了挪，让老头也坐下，两个人坐得很近，老头的头发白花花的，雪不停落在他头上，可他还是笑意融融，温柔地和老太太聊着。他们是两片大雪花，两片扶靠在一起的雪花。

还有几个年轻人，在拍雪景、打雪仗。他们堆雪人，以两颗青石做眼，头上插了两条长长的松枝，路过的人就猜："是牛吧？"另一个人说："不是不是，明明是羊嘛。"大人开心，孩子欢笑，我忽然想，能让人欢笑的，能叫东西变美的，都是花儿吧。

如果心可以置于红尘外，全无挂碍，满目清凉，该有多好！是呀，这世上，还有什么比雪更干净，比白更丰盈的？

"雪水味清，然有土气，以洁瓮储之，经年始可饮。"雪可赏，可饮。古人煮雪烹茶，尤以花瓣之上的雪或未落地之雪来煮茶，为最妙。雪可玩，可听。晚明文人高濂的《山窗听雪敲竹》里说："飞雪有声，惟在竹间最雅。山窗寒夜，时听雪洒竹林，淅沥萧萧，连翩瑟瑟，声韵悠然，逸我清听。忽尔迴风交急，折竹一声，使我寒毡增冷。暗想金屋人欢，玉笙声，恐此非尔欢。"然而此等风味，我辈只怕是无福消受了。

雪落一地白。下雪时，去雪地里走一走，坐一坐，听一听，笑一笑，赏一份意趣，拾一份清凉，看人生的渺小，名利的虚无，然后，清寂，清凉，清欢。

雪花是花，是会飞的花，是盛开在空中的花。一下雪，所有的事物都成了风景，人有了远方，西安就成了长安，岁月的枝枝蔓蔓里，我就成了你呀。

风雪旧人来

读《王子猷雪夜访戴》。

大雪纷飞的夜晚，王子猷一觉醒来，推窗而望，窗外一片洁白银亮，他一边吟诵着左思的《招隐诗》，一边想到了戴逵。于是连夜乘小船前往。车马劳顿一夜，到了戴逵家门前，却转身返回。

有人问为何，王子猷说：“我本来是乘着兴致前往，兴致已尽，自然返回，为何一定要见戴逵呢？”

故人造访，或未曾谋面，但那份探望的兴致、兴趣、兴味也足以令人快乐。王子猷率性，而那戴逵，也是内心纯净澄澈的人，他是懂子猷的。

人世苍凉如冰雪，若有斯人可想、可念，该有多好。

你想，松枝裹素、大雪拥门之夜，风一阵阵刮着，呼啸来去，泛黄的窗纸哗哗作响。你正怀抱暖壶、倚炉发呆，或是煎水煮茶、凝神夜读。此时敲门声响了，你当是风摇落了雪团，或是大风折断了树枝，细听，不是，于是趿鞋起身，推闩拉门，凉气袭面而来，门前竟兀自站着一个通体洁白的雪人，身后，是一溜儿深深浅浅的脚印和漫天的风雪。

你一时错愕。来人也不言语，只是自顾自地拍打着身上的积雪，细细一看，竟是多年旧友。你眉眼弯弯，哎呀，竟然是你！竟然是你？

大雪封门，天寒地冻，竟有旧友来访，这该是多深的情分啊？

什么都不管了。挽手进屋。窗外雪一场一场地下着，你们倚着炉火，打开酒缸，煮酒论诗说话。屋外天寒地冻，却再也觉不到风的凛冽、雪的冰冷。

文人多喜欢雪，张岱《夜航船·嚼梅咽雪》:“铁脚道人，尝爱赤脚走雪中，兴发则朗诵《南华·秋水篇》，嚼梅花满口，和雪咽之，曰:‘吾欲寒香沁入心骨。’”诗人孟浩然为寻觅诗意，常骑驴灞桥，踏雪寻梅，说:“吾诗思在灞桥风雪中驴子背上。”纷飞的大雪总能引发诗性。雪是洁白干净的，有一股逼人的清气。因为雪可噙、可听、可煮，他们看雪、吟雪、踏雪、画雪、听雪、卧雪，因而情有独钟。

然而，人生到处何所似，恰似飞鸿踏雪泥。林冲雪夜上梁山，宝玉雪中出走，人的一生啊，那么多的不确定、不可知，若是没有人情的温暖，会是多么凄恻？但在这样的风雪中，若有旧人造访，则平添了许多温情和暖意。

风雪旧人来，不是“柴门闻犬吠，风雪夜归人”的萧索日常，不是“渊冰厚三尺，素雪覆千里”的信誓旦旦，不是“孤舟蓑笠翁，独钓寒江雪”的清冷，杨时程门立雪尊师重道，为求学立派，也难免功利，唯有风雪旧人来，才有了“披君貂襜褕，对君白玉壶。雪花酒上灭，顿觉夜寒无”的简单和惊喜。

再想想，天气恶劣，寒风正劲，雪厚夜深，有那么一个人心里惦记着你，冒着风雪千里迢迢来看你，你们暖帐、烘炉、煮茶、温酒、热粥，朋友间饮酒作乐，寒意全无。山林野趣，唱歌抒怀，岂不是人生一大乐事。

看溥心畬的《雪中访友图》，两位逸士和一抱琴童子踏雪前往山中访友，坡石杂树伏卧，茅草丛生，冈峦松林茂密，黄衣、蓝衣逸士和红衣的抱琴童子踏雪而来，打破了雪后的寂静，高大遒劲的古松、突兀耸立的山岩、葱茏的林木、精美的建筑、访友的逸士和饮水的白鹤……有一种诗意、画境及远离尘世的淡泊。

多希望，我就是那画中的一人。

日暮苍山远，天寒白屋贫。若我老了，玉山倾倒，柴门深掩，还有人扶着拐杖、冒着风雪来敲门探访……

门环叩响的那一刻，门内、门外，欢喜了两颗心。

第五辑

修一颗平常心

多少尘俗世故，到最后都成了甲乙丙丁。越是拙朴的事物，越是接近本真，那些涂脂抹粉、打扮花哨的人，可能一时会吸引人，但终究不能长久。

枯静处

木已旧，人已老，是为“枯”。

枯者，风不动摇，人不取荫，俨如静处，如树将死。枯静处，人声匿迹散尽，渐稀渐薄，三万里程，缩于方寸。

禅僧梦窗疏石讲：山水没有得失，得失在于人心。

一颗老心，关门上锁，无挂无碍，了无牵绊，清淡幽远，滴水不进，繁华落寞，都与己无关，只是木然一坐，眼里无红尘，心中无繁华，不求意趣，没有等待，无须人怜惜，一切皆是空幻。

“纷纷纷纷纷纷纷，唯落花委地无言兮，化作泥尘。寂寂寂寂寂寂寂，何春光长逝不归兮，永绝消息。”读弘一法师的《落花》，枯藤，老树，流年匆匆，荣即是枯，枯即是荣。

空山无人，草木深深。喜欢于树下石上，枯坐，无诗无画，无酒无歌，自在如禅，朝花夕落。

“偶来松树下，高枕石头眠。山中无历日，寒尽不知年。”这一定是到了枯静处。心如白云，眼如清泉，将自己定格为一块老根，与潮湿的土地相依，与空中的鸟巢相依，没有悲欣，没有等待，在残笛声声里，僵守一座孤城。

“水流不急月。”无论水流多么湍急，倒映在水上的月亮也不会流动。还有牵绊的心，依然宕动的心，即便身在山野，心仍在红尘中，谈不上枯静。

人总有那么一瞬，与天地山川合体，雨不倾盆，风不横吹，是无名的草，是寂静的石，是明月松涛，是一切，是自然，活得越来越轻，把自己交付于阳光、花香、鸟鸣和清风。一起走吧。都随它。

不望山。自己就是一座山，清净明朗，长披麻皴。或是一处老屋，夯土、白泥、石灰，斑斑驳驳。

书法中的飞白，千钧拔丝，极速而止，笔墨快用尽时的点点漏痕、丝丝露白，或是草书的最后一笔，叫枯笔。

枯笔自有其妙，墨枯笔尽，却洒脱飘逸，神采斐然，是非常难以达到的境界。

就这么枯坐着，把自己坐成一截老木。满身的肌肤和纹理，都是岁月侵蚀的痕迹，历尽山河岁月，每一个肌理都是一场轮回，每一段沧桑都是一个故事。这却是老木最动人的地方。

新木出生固然令人欣喜，老木也自有味道。如凝固在木纹里、跳跃在榫卯间的艺术。

枯木可雕。被折成婆娑的造型，几块拙石，再点缀一些卵石、白沙、汀步、苔藓、蕨类，一段枯寂的意境，便成禅意的“枯山水”。枯山水，一条线段，一个图案，删繁就简，处处写意，是画，也是禅。

平常心是道，纯净心是禅。

一个人坐在时光边缘，擎着光阴馈赠的醇厚与倾颓，在希望里无望，在无望里希望，坐成了一枝残荷，僵硬的梗挑着婉转的枯叶，带风而立。

终于，把自己活成了千山鸟飞绝，不再拔剑四顾，不再弹古琴、听昆曲，不再喝普洱、学密宗。时光淬炼，褪去了华丽、浮躁、喧嚣，千丘万壑，铁马冰河，都收敛到平静的面皮下。什么事情都经过了，只有死一般的沉默，鸟集云翔，花落不惊，与尘世纷扰，隔开了千山万水，只是静，只是空。

“大雪三日，湖中人鸟声俱绝。……雾凇沆砀，天与云与山与水，上下一白。”

最终，人老得只剩一把枯骨，一块儿可以作为标本的干货，浓缩成了抽取水分的精华，什么都消亡殆尽，只剩下灵魂在天地间飘着。

枯静处，心如琉璃，纯粹安详，无风，无雨，也无晴。仔细盘算，若枯荷听雨，生命内涵的厚重深沉，远胜于妖冶鲜艳。

没有比此时更安心的了。此时的你，不是你，是一幅明清画，是画中最简的一笔。

淡，是人生最深的滋味

“肥辛甘非真味，真味只是淡。”

这是《菜根谭》里的一句话，是说醇厚的美酒，肥美、辛辣与甘甜的食品都不是真正的美味，人世间真正的美味是清淡的。

苏轼落难，坡地垦荒，变成了苏东坡，三天喝酒两天醉，不小心碰到人，被人打倒在地，他反而大笑。曾经的翰林大学士，天下谁人不识君，而今给好友写信称“自喜渐不为人知”。

落花无言，人淡如菊，心素如简。人这一生，酸甜苦辣咸，百味尝尽，最后才觉出，淡，是人生最深的滋味。

淡，不在痛苦中沉溺，也不在获得里狂喜，不动声色、举重若轻，有着骨子里的从容与优雅。

“王维的画淡，陶渊明的诗淡，王羲之的字淡，李煜的江山淡。”“李煜真是奢侈，千里江山都是棋子闲云，都是词的景深。”林东林在《替全世界去仰望》里的评述非常得当。

大喜大悲，大起大落，却不言不语，无声无息。

曾是不可一世的南唐国君，谁知转眼成阶下囚，深爱的小周后被他人霸占，李煜身居囚屋，听着春风，望着明月，触景生情，愁绪万千，夜不能寐，写下了“雕栏玉砌应犹在，只是朱颜改。问君能有几多愁？恰似一江春水向东流”的绝命诗句，江山易主又如何，也比不过和小周后制香、品茗、赏曲的日子，那一缕淡淡的哀愁和深深的怀念，都化为宁静、清新的字句，融进诗里，任后人吟诵。

“大雅平淡，关乎神明。”超然于物，清淡高雅，是文人追求的一种为文境界。

季羡林的散文就蕴含着一种淡然之美，他认为万事万物方生方死，应顺其自然、泰然处之，他在《九十述怀》里说：“我已经死过一次，多活一天都是赚的，到现在已经三十多年了，我真赚了个满堂满贯，真成为一个特殊的大富翁了。”文章里对生死、荣辱、不惧、不喜的静气叫人敬重。

看淡世间烦恼事，只向心中觅清凉。

那个称自己为“雪个”的八大，白眼向天，无枝可依，天地间唯此一个。不仅书法简静，画风写意，逸笔草草，大难之后，交友淡，人生淡，书法淡，残山剩水，多用淡墨，清凉，清雅，高古，似一面平静的湖，一片飘荡的云，一座静默的山，不见燥热，绝无烟火。正如他笔下那一枝菡萏，横斜水面，池中半开，清风徐来。

四季里，春繁华，夏燥热，秋丰赡，唯冬最淡。晨起，推门而望，南山白茫茫一片，天空刚刚放晴，太阳的光芒透过薄薄的云层照射而来，依然清冽寒冷，屋檐上积雪未消，院子里梅花枝条闪着晶莹的光亮，这种清冷、孤寂、浅淡，却给人不寻常之感。

民国女子陆小曼曾被誉为是“一道不可不看的风景”，也是老北京的头牌交际花，自徐志摩飞机失事，陆小曼带着他们爱情的山水画长卷，不再交际，用了几十年的时间，致力于整理出版徐志摩的遗作，曾经的爱恨繁华，都如过眼云烟。

回首向来萧瑟处，归去，也无风雨也无晴。经过了生死，最后，一切到底是看淡了。

即便是那人性上盘根错节的胡兰成，也向往平淡简静的生活，文笔如涓涓溪流，读来总有“明月松间照，清泉石上流”的清淡与安静，他写他的村落：“我小时候每见太阳斜过半山，山上羊叫，桥上行人，桥下流水汤汤，就有一种远意，心里只是怅然。”一手的曼妙玲珑文章，透着一股子摄人心魄的静与淡。

看怀素的《食鱼帖》：“老僧在长沙食鱼，及来长安城中，多食肉，又为常流所笑，深为不便。故久病，不能多书，实疏。还报诸君，欲兴善之会，当得扶羸也。九日怀素藏真白。”

一个大和尚，性情疏放，吃鱼又吃肉，人家骂他，他却写下这么一个帖子，还称人为“常流”，完全不把那骂当回事儿，也算是高妙之人，老僧无戒啊。

儿时总想要设法往外走，而今只想往回去，因而每隔段时间，都要回老家探望。风，草，老屋，灰瓦，泥墙，倒在地上横七竖八的檩、椽，哪怕是瓷瓮、破缸、烂碗，都会凝神良久，在漫天的尘埃里静默，风物盏盏，落落清欢，恋恋不舍。

渐渐地，一切往回收了。喜欢那来自深山幽谷里的一叶茶，带着大自然的安宁与清香，在素白的光阴里，以一朵花开的念力，清雅、淡泊。

孤决

孤决，一个多么清凉的词，前尘旧事，就此了断。

不是不悲伤，不是太无情，只是想还自己一颗安宁的心。

琼林玉树、风姿绰约的霍小玉，遇到了李益，成为她人生的一道情劫。红烛为媒，美酒为约，两人盟誓“海枯石烂不变心”。李益信誓旦旦：“明春三月，迎娶佳人，郑县团聚，永不分离。”

谁知海未枯石未烂，她心心念念的李郎终究成了负心人。她举杯酒酬地，弃了她的绫罗绸缎、丝竹管弦，长恸号哭，一缕香魂随风消散。

不恨人薄情，只怪太多情。这一蓑烟雨，打在面前襟上，竟似半生蹉跎。没有金戈杀伐的决绝和果断，带一颗破碎的心，如何在人世间混迹自处。

多少美好的情愫，最后却没个圆满。“愿得一心人，白头不相离。”“君当作磐石，妾当作蒲苇。蒲苇纫如丝，磐石无转移。”这些也只是一种美好的期盼。

“一二三四五六七八九十百千万。”司马一封十三字家信，字字如针，扎在文君心头，洇出血来。

文君心凉如水，柔肠寸断，她又怎能不怨，怨那爱人的心，为什么要像钓竿一样轻盈柔弱，为什么要像鱼尾一般摇摆不定。一番痴情，总被薄情负。

曾经的欢喜，曾经的忧愁，斩不断，理还乱。然而卓文君又岂是一般女子，她灯下执笔，再次回信：“一别之后，二地相思。虽说是三四月，谁又知五六年。……噫，郎呀郎，巴不得下一世，你为女来我做男。”

“闻君有两意，故来相决绝。”并非我情不深，也并非我意不笃，我曾那么想与你白头到老，可你的心哪，若是像三月的桃花，随水流转，既然这样，我们也只能分开，你若要分，我也决不纠缠。

短短几句干净利落的言辞，荡气回肠，又柔肠百转。司马相如看了之后，也是万般滋味、百感交集，他惊叹妻子的才华横溢，遥想起昔日夫妻恩爱，毅然决定，不再纳妾，此生拥有文君，才是他一辈子最大的财富。

浪子回头，千金不换。

佩服情感世界里的那一份孤绝的女子，那种从不依附的傲气和决然如玉掷地，泠然有声。你若珍惜，我报你幽香千万缕；你若错失，我便转身离去不再回首。我虽然失去了爱情，但至少保留了爱的尊严。

米兰·昆德拉讲，相爱是两个人的事情，离开却是一个人的决定。相爱的关系里，如果你的名字不能成为他拒绝别人的理由，那样的苦苦厮守、苦苦哀求究竟有多少意义。

何况，放不下、割不掉、舍不得的，是时光里你苦苦相求流出的血和泪，或许，他不是，一直都不是你心目中的他。

孟小冬与梅兰芳，一个英气逼人挥洒自如，一个丰神飘逸俊美儒雅，一个是旦角之王，一个是须生之皇。《游龙戏凤》《二进宫》《四郎探母》，两人珠联璧合，结为秦晋之好。但，她也只能是他的妾室。

一份深情，一份真心，只要相守、相知，受多少委屈，也甘愿，任多么骄傲的一个女子，也低眉以侍，低到了尘埃里。

但世间的流言蜚语却如枪似箭，如何盛大深厚的感情在时光的磨砺里也渐转凉薄，梅妻以死相拼，她深爱的梅郎，在巨大的压力面前，竟悄然退却了。

对一个敢爱敢恨的女子来讲，俗世流言可伤她一时，最终会被她弃之如履。可如今她的梅郎，已不再是当初那个爱她如狂、护她安好的梅郎了。

本就要强的她，怎能让别人牵着自己的命运？那些曾执手画梅兰竹菊、论梨园掌故、推敲戏词字韵的时光，只能是一声叹惋。

我既已全心全意为你，风住尘香花已尽，你既无心我便休，放下了，一切都放下了。

她言辞坚定："请你放心。我不要你的钱。我今后要么不唱戏，再唱戏不会比你差；今后要么不嫁人，再嫁人也绝不会比你差。"

她的梅郎雨中等她一宿，也未得她半分留恋。真如她在《四郎探母》中所唱的"要相逢除非是梦里团圆"了。

她去心已定。雨打梨花深闭门，从此萧郎是路人。

你可以伤我，我却不能让那伤星火燎原。世界本就千疮百孔，不如放开那将逝的背影，留一点儿机会，去寻找下一程的美好。

那些爱得深刻，也断得干脆的女子，如风过松林，过去了，就放下了，那一刻的孤决和果断，让自己魅力倍添。

爱就倾心爱了，散就彻底散了，绝不拖泥带水。

一个男人的不可靠，不是他一定做了什么，而是那种一直让她惶惶不可终日的感觉。这样的人，你遇到的，或不是爱，只是劫。

人生，不生不灭，不垢不净，不增不减。所有的委屈，终有一日得到清算，也终得圆满。

若是断了，就断得干干脆脆利利落落，还有什么要让他知道的吗？不了，不了，他的风流倜傥，与你无关，你的温柔旖旎，也不再给他看。

修一颗平常心

时光如琢如磨，走过千万次的聚散离合，才发现：人要修的，其实不过是一颗清风明月、小葱豆腐般的平常心。

平常心不是无所谓，而是不预设、不迎合，不违逆本心，对待何人，都能轻松自在、真实自然、毫不造作，无论浑水沉泥沙，我自溪水濯顽石，清澈见底。

君子之交在于淡。张充和先生在七十寿诞上写了一副对联：“十分冷淡存知己，一曲微茫度此生。”冷为静，淡为漠，即是以德为邻，以文会友，淡至无味，却从容自在。

有时想想，一个在旁人眼中似乎有些“不近人情”的人，恰恰才是对人最大的尊重。而一个压瘪自己、吹捧他人，对人八面玲珑、左右逢源的人，圆滑如刀切豆腐，精明到没有缝隙，看似温暖厚道有余，却溢出了一些世故和狡黠。

很多人甫一见面，就先给你戴上各类头衔与帽子，继而鞍前马后、如胶似漆，让你在大而虚空的鼓吹下不知不觉三观扭曲，最后却拖着你折戟人海，或燃烧成灰。

这种人，人前无比热闹，人后一片苍凉。

与人相处的难度，不是如何热情似火，而是怎样随心坦然。所谓

“话到嘴边留三分”，说话思前想后、脑汁绞尽，想着法儿地附和、顺从，最后发现，你敢惯，他就敢滥；你让他一树花开，他却要攫取你整座山峦，这样的交往，到头来终将人心渐冷、欢情渐薄。

迁就不仅让你的付出变得廉价，甚至会演变成最大的恶。有的人，你不扎他一下，他就永远不知收手，善举与纵恶仅仅一步之遥，无原则的迁就，一不小心让你的不好意思变成了他人饕餮之欲的开胃菜。

不用活在别人的角度里。在有眼疾的人那里，看什么都有翳障。一个满身负能量的人，以清水投石，搅扰他人的秩序，不断破坏人们心中的美好，来宣泄嫉妒和阴冷的情绪，维系自己不堪的心理平衡，获取撕裂的快感，这样的人心太刻薄、太鄙陋、太黑暗，暗无天日。

平凹先生说，朋友是磁石吸来的铁片儿、钉子、螺丝帽、小别针，只要愿意，俗世的任何尘土都能把它吸来。欣赏三国里的血性男儿，关羽之于刘备，没有豪言壮语和巧言令色，却自始至终为其左膀右臂，不离不弃。

战国廉蔺交，盛唐李孟情，真朋友，为善而不欲人知，再大的风雨、再多的分合都不会走散。切切念念迎合而来的可能不是朋友，而是一阵刮疼眼睛的风。世事皆如此，凡是无缘无故就打得火热，也会无缘无故地轰然离散。

世上有两种人，有一种人永远盼你出彩，有一种人永远为你喝倒彩；有一种人希望你活成童话，有一种人坐等看你的笑话。没有仰望与尊重的相处，不会熬过流年的沧桑，唯有淡然自在的交往，才能走过岁月的久长。

生命中的每场相逢终是路过，在他人的世界里，说到底也只是甲乙丙丁、过路小卒，人首先是要顺从自己。在一场场露水般的相遇里，你热情似火地拥抱了别人，却敷衍塞责了自己，一个人没有取悦自己的能力，才是人性里的硬伤。

平常心，如金兽吐出的青烟一缕，紫砂泡出的薄茶一口，拨开一切繁盛的浮华，去掉一切虚伪的热忱，虎啸龙吟，水落石现，才是交往中最大的诚。

世好妍华，我耽拙朴

“女娲娘娘补了天，剩块石头就成了华山。太上老君犁了地，豁出条犁沟就成了黄河。”

前日去民俗村听华阴老腔，乐器是最简单的枣木、条凳、胡琴、锣鼓、快板，但老艺人一张口，那种粗哑、嘶吼、原生态的嗓音和调门儿，叫人汗毛倒竖、鸡皮疙瘩全起。难怪崔健在听了谭维维的《给你一点颜色》后会失态得语无伦次。

拙，是憨笨、不灵活；朴，是未加工的木头；拙朴，如妇人着衣，不贵奢而贵洁，不贵鲜而贵雅，像生长在山间的野菊花，由内而外散发出一种素雅洁净、清新纯然之美。

明末清初著名书画家傅山在《作字示儿孙》小序中写到，写字要注意“宁拙毋巧，宁丑毋媚，宁支离毋轻滑，宁真率毋安排”。是说作书宁要古拙，不要华巧，应追求一种大巧若拙、含而不露的艺术境界。有光，却抑光，别人能看见温润，看不到刺目，这种味道，既有才华，又有包藏。

有真意，去粉饰，少做作，勿卖弄，是为文追求的一种境界，文章、书法宁可写得丑些，甚或蓬头粗服，也不能有取悦于人、奴颜婢膝之态，这是在寻求一种内在的美。松散参差、崩崖老树，远胜于描眉画鬓、搔首弄姿。

中国绘画史上，齐白石是第一个把农具、白菜等俗物当作画作主角的人，他的画作不能算作高雅，他本人却在1961年被世界和平理事会推举为世界文化名人。徐悲鸿也强调“宁方勿圆、宁拙勿巧、宁脏勿净”。当今的老树，更以黑铁锅、大菜刀和烂鞋入画，却拙而不浊、朴而不普，一笔一画尽是古朴与意趣，那种举千钧若扛一羽的洒脱叫人觉得舒心。

朴素而天下莫能与之争美。一篇文章，写得华丽或许不容易，写得朴素更难。清茶老酒才醉人，淡中有浓，平中寓奇，华与朴相表里。越是大作家，越到成熟之时，才越是写得朴素。

常读贾平凹的散文。《静虚村记》《月迹》《丑石》等都给人以亲切、平实甚至拙笨之感，但字里句外透露出来的气象和厚度自然入心，像是在赏一件古瓷，外表简朴，却品位不俗，也像是在品一杯清茶，淡远幽香，质实而美。

贾平凹认为：“散文是除了诗以外最能写的问题，他的极致是最单纯和朴素的，篇幅短，无情节故事，语言平淡，靠的是作者的境界和素质。”而美的语言，也妙在不言言之，不是不言，是寄言，寄深于浅，寄厚于轻，寄直于曲，寄劲于婉，寄实于虚，寄整于余。他提倡的“大散文”，就是在深层次上追求大气派、真性情、阔境界。

艺术中的壮美拙朴，能给人以沧桑、厚重、深沉的美和享受，给人以返璞归真、原生态的自然呈现，做人何尝不是如此？

和不工心机的人交往，可卸下所有的心思，清茶一盏，薄酒一杯，小菜一碟，盘膝而坐，话天南海北，也话尘世琐碎，此乃天地之大美也。抱朴、守拙，坚守鲁直憨厚的本真，保持纯真朴实的天性，不世故，不圆滑，难能可贵，因而说，君子与其练达，不若朴鲁，与其曲谨，不若疏狂。

多少尘俗世故，到最后都成了甲乙丙丁。越是拙朴的事物，越是接近本真，那些涂脂抹粉、打扮花哨的人，可能一时会吸引人，但终究不能长久。古寺钟鼎，青瓦枯藤，褪去了喧闹和浮华，退到了时光边缘，凉薄的眼神如鸟掠过，似乎触着历史的痕迹与岁月的沧桑。于是，渐渐有意远离人群拥挤，于青瓦苫盖的屋檐下、青砖铺就的院子里，捏泥制陶，煮水饮茶，端老碗，喝粗茶，吃淡饭，恬淡超脱，适意自然。

世好妍华，我耽拙朴，似是亲手抚触一件带着天然木质纹路和结痂的木桌椅、老物件、旧家具，那种粗糙的质感如野马驰过荒原，既个性撩人，又温厚朴实，或许，这才是事物本来应有的样子。

素心花对素心人

越是好的东西，越给人以清凉之感。

落落者，难合，亦难分。欣欣者，易亲，亦易散。低温，带着素雅的薄荷香和一种清醒的笃定，踏实纯粹。

王维画雪，走笔挟冷风，寒气逼人，是因为他心里的安静和清凉，于是愈简愈深、愈淡愈真。他一生里，只求清寂不要热烈。苏轼品评："味摩诘之诗，诗中有画，观摩诘之画，画中有诗。"

素心煮字，不浮夸奉迎，只对自己内心负责，才能写出那样的文字，就像用薄荷、青柠调制的美酒，清爽回甘。

清凉的人，自然不是扑面而来的暖风，让你觉得特别舒服。只是安静地散发出一种玉的光，低低地润泽着，一点点沁到人心里，甚至清凉得让人生疼，但只有养在光阴里，你才知道她的好。

爱情也要清凉，热烈的难以长久。

徐志摩的家信：眉爱，昨天整天只寄了没字梅花信给你，你爱不爱那碧玉香囊？……但你我的爱，眉眉，我期望到海枯石烂日，依旧是与今天一样的风光、鲜艳、热烈……

最终，陆小曼还是被他的热情打动了。但这个男人的爱火热有余，内敛不足，亦太过多情，至于泛滥。

一直认为，男子的感情太灼热、太敏感就像一根好看却不牢固的丝线，不是一不小心碰断了，就是一不小心烧成了灰。

看《三生三世十里桃花》，夜华对白浅讲：“我想要的，自始至终，只不过一个你罢了。”明明是最动人的情话，那种无奈和心伤，叫人感到冒着嘶嘶冷气。

说出那话时，他的心该是比他冰丝般的黑发还要凉。不论她怎样，不论她是浅浅还是素素，灼灼桃花，他只取那一朵，放在心上。在他心里，她最好的样子，就是她本来的样子。

他的十亩桃林，只为她开，也愿意为她忍受所有，且一丝不让她察觉。

民国四公子之一张伯驹，曾是“平生无所好，所好是美人”。但自娶了潘素后，一心只系潘素，再无风流韵事。而她，曾为青楼头牌，如今洗尽铅华，将往日的万种风情只说与他一人听。两人齐眉对月，到了晚年，生活拮据，依然画画填词。张伯驹为潘素写下“予怀渺渺或清芬，独抱幽香世不闻。作佩勿忘当路戒，素心花对素心人”。

弱水三千，素心自凉，他只要那一瓢。

他把她从风月场带进山水画的世界，她陪他颠沛流离淡泊名利，彼此成全，相携相伴，红尘浊世中，他们保持着干净清澈的一颗素心。

到底是上了年纪了，以前喜欢热辣的食物，而今口味也越来越清淡了，白萝卜，排骨汤，盐少许，寡味，清淡，但肠胃滋养。日子越久，越觉得平淡真是个好东西。

素心，若清水煮莲子。一个人，独活，那心里，清喜着，也清凉着，尘世纷扰，与我何干。

极简的禅意

一直痴迷于八大山人的画。

一鱼，一鸟，一树，一花，一果，甚至一笔也无，只盖一方印章，便成一幅画。

有人概括他的风格："墨点无多泪点多，山河仍是旧山河。"干净简练，似是而非，极具禅意，以少少许胜多多许，可以说是前无古人，后无来者。

中国传统水墨最吸引人之处就是：不论山水、人物、花鸟、走兽，只有黑白二色，却清淡典雅、飘若浮云，泼墨如水，又惜墨如金，有着丰富的意蕴和素简之美。

有一年，和朋友去安徽的小镇宏村，一下子被它古朴雅致、独出机杼的徽派建筑吸引住了。黛瓦、粉壁、马头墙，远远望去，那氤氲着江南风情的民居古村落，和清一色齐刷刷的黑瓦白墙，那种不与天地相争的黑与白，恰好与自然相融，因陋就简，却显得愈发清新雅致。

以此来看，剔除了多余干扰，简洁朴素的色彩更接近本真，更能轻易地撼动人心。

看丰子恺的漫画——《触目横斜千万朵，赏心只有三两枝》。

疏篱旁边，一树梅花，点点欲燃；树旁，一人着长袍，包围巾，策杖而立，与梅久久对视、久久静默。此时，满树梅花，傲雪而开，但在赏花人的眼里心底，却只觉“触目”杂乱，虽阅尽万千，不被乱花迷惑，赏心的也只是两三枝。

只是那三两枝，也已经足够了。那三两枝，一定绽得最艳、开得最娇，开在那画者、观画者、被画者的心尖儿上，至于其他，是完全可以忽略不计的啊。

自中学时就喜欢张岱的文字，尤其是《湖心亭看雪》：惟长堤一痕、湖心亭一点，与余舟一芥、舟中人两三粒而已。不到两百字的文章，写尽了湖山雪景的迷蒙混茫，写尽了西子湖畔的风姿神韵，呈现出一幅素净的水墨丹青，空灵晶莹，藏冰雪之气，含无穷意味。

原来，好文字就是这样，不是姹紫嫣红、满目繁华，而是天山一色、风烟俱净。

其实，朋友也不必太多，知己一个，足矣。太合群，人缘太好的人，对谁都热络，多了些套路，少了些真诚，不适合做知己。所谓的圈子，也都弃了吧。圈子再大，认识的人再多，无非也是数着时光空耗而已。

内心越丰盈，生活越素简，对于不喜欢的事情，明确地拒绝，清晰地表态，不去费心周旋，不做身不由己的事情，不说言不由衷的废话，世界便安静下来。

如无必要，勿增实体。也曾见过弘一法师房间微缩景观图，一桌一椅一床一书，“勿使心为形役”，物品不能成为执念，生活只需最简单的物品就够了，心灵却由此更加丰盛。

中国的水墨画，日本的枯山水，素到极致、简到极致、净到极致，都让人心底安详、心生禅意，内心深处复归于最本真的、永恒的宁静。

试一试净化掉那些过剩的东西，删除掉那些累赘的东西，轻松、快乐就涌进来了。所谓幸福，无非就是不断地舍弃罢了。

清白之年

看《跨界歌王》，一首《清白之年》。

那个一开口就惊艳四座的女生，细高的身材、利落的短发、干净的声音、认真的表情，从此，与曾以为酷似白百合的那张脸彻底区别。

“我情窦还不开，你的衬衣如雪。”王珞丹、朴树两人白衣配牛仔的小清新，婉转的小调，年少时光，青春气息扑面而来。

那个年岁里，破旧的收音机只能收到两三个台，即使是刺刺啦啦的干扰声，我们也很有耐心，安静地等待喜欢的节目如约而至。

那时的男生和女生，不会嘻嘻哈哈，有话也背过人，悄悄地低声说。印象里那个女生，瘦弱干净，一个人呆呆站在走廊，张着双眼，看那熟悉的身影闪掠。

那时我们喜欢纯白的颜色，白色的百褶裙、白色的线袜、白色的衬衣，翻卷的裤边，衣着并不得体，心底却透着得意。

我们常常坐在课堂，望向窗外，站在檐下，却看着那操场，我们静静守望，从不敷衍，懵懂的时光里，怀揣一颗纯白的心，不知天高地厚，想要远走天涯。

清白之年，我们非常完美，又非常悲伤，大风吹时，眼泪就会静静流淌。

单车，耳机，单曲循环；林荫，阳光，天那么蓝。树叶葱茏，世界安宁。

人生总有一段故事，交给了清白时光，不闻风雨，不懂世故，干干净净，绝不粘连。

清白之年，是清水流过的年华，我们心生荒草，却纯真如花。

“人随风飘荡，天各自一方”，我也只是偶尔才记起“清白脸庞”。人生里最不知所措的爱，后来各奔东西了；还有人连心里话还未来得及说出口，就毕业了。

我们惆怅地笑，认真地哭，一无所有，却豪情万丈。

我们不识人生之味，心底柔软，眼有光亮。

那时，日子还长，桃花满枝、油菜花黄。

而今，我们成了一朵开在尘埃里的花，风尘仆仆，用力地活着，夸张地笑着，我们笑着笑着，却哭了。

此生多寒凉
此身越重洋
轻描时光漫长低唱语焉不详
…………

人生啊，总以一件件遗憾，去填补遗憾。

岁月磨平了很多东西，执拗、骄傲、狂妄，如今平淡、平静、平和，如此时的朴树。

是不是生活太艰难
还是活色生香
我们都遍体鳞伤
也慢慢坏了心肠
你得到你想要的吗
换来的是铁石心肠……

“数不清的流年，似是而非的脸”……这也算是祭奠吧！

红尘滚滚。无知、狂妄、无垢的青春少年，如今是T恤、裤衩、电动车、胡子拉碴的街边大叔。

我们春风得意，也遍体鳞伤，如今却多么怀念那沾着阳光的暖，野草的香，和袖口淡淡褶皱的清白时光。

有人说：“朴”和“树”两个字组合到一起，清秀、清凉、清白。

浅浅淡淡，干干净净，平平凡凡。我们那难以言说的年少情怀，被一把琴，一支歌，和一个叫朴树的人，全部暴露。

在琐碎的日常里放任

潮湿的红砖墙树影斑驳，忽觉这时间真快，一晃二十多年就过去了。几千个日子里的细枝末节，像被风吹落的种子，一粒粒不知落在了哪里，十里尘烟，原来，生活都是一个琐碎加上另一个琐碎。

又是多少年了，和一个人分享简单的清晨和夜晚，那些为了炒菜放盐顺序的讨论，为了一个垃圾袋的争吵，或是为了夜里打呼噜、上厕所冲不冲水的事情，喋喋不休孜孜不倦，竟变成一帧帧发黄却温暖的影像。

不得不承认，这人呀，总是想脱离琐碎，却又依赖琐碎，不知不觉，这些卑微的不起眼的琐碎，又轻轻地绵延成了永恒。

迷上文玩，对玉更是钟情。知道自己的本命佛是虚空藏菩萨，真是有了念想般兴奋得紧，赶紧打听，联系人定制了一块，桂林鸡血玉，冰种料，还不错。

虚空藏，一位增强定力、智慧的神，释迦牟尼赞他：是菩萨具诸三昧犹如大海；住菩萨戒如须弥山；忍辱之心犹如金刚；精进勇猛犹如疾风；智如虚空；慧如恒沙……

凡此种种，迷则信。我倒是比较喜欢虚空藏这三个字，人生的大智慧、大功德、大财富，大到无边无界，不就成了虚空吗？人一生求什么呢？只要每个琐碎的日常平安、清喜罢了。

你看，这日子呀，每天都是忙忙碌碌、修修补补、里里外外的，那么俗艳扎实，像是大红被面上的喜鹊登梅、富贵牡丹，朴素，粗糙，土气，却也是小桥流水，打动人心，有着丝丝入扣的踏实、妥帖。

会生活的人，更容易俘获人心，包括爱情。这个我信。因为，爱情也是柴米油盐的一部分，或者说，柴米油盐，本就是爱情的一部分。

扎西拉姆·多多说：年轻的女子，总盼望遇见个温雅的男子，雨夜里他频频为她添香。年轻的男子，总希望有个良善的女子，清寒渐重的暮光中她悄悄为他添茶。最后，执手的，却总是那大咧咧为她添衣的男人，那骂咧咧为他添饭的女人。

一粥一饭固然平凡得有些寡淡，但若美与真之间只能二选一的话，总是留下真。

有时想，爱玲何其不幸，竟被胡兰成将她与小周、范秀美之流相提并论，说她不如秀美体贴，不如小周懂事，可怜一代才女，就那样成了他脚底的泥，为了他低到尘埃里，尊严扫地。

而那个使她心心念念的人，早练就了金刚不坏之身，对他来说，女人只不过是成就他佳话梦的道具，道具们不管是死是活，对于他来说都“亦是好的”。

爱玲是不精通于洗衣、做饭等琐碎之事的，这无可厚非，只是痴心的女子遇到了一等一的浪子，免不了伤心一场。

爱情，终究是要埋在日常琐碎里的，只是，有些死了，有些长出了嫩芽，且开出花来。

一直欣赏杨绛和钱钟书先生的那种朴素自然的缘分。他对她的界定，不仅是妻子、情人、朋友，还是一个“母亲”。她第一次做虾，看到虾的抽搐，问他可不可以不吃虾，他撒娇说，不，我要吃。她莞尔一笑，继续做虾。

她生女儿住院，他来探她。第一天，他说打翻了墨水瓶，弄脏了房东的桌布，她说，不要紧；第二天，他说台灯坏了，她说，不要紧；第三天，他说门轴两端钢珠掉了，她说没关系。她回家后，桌布白了，台灯、门轴都修好了。

“地狱里尽是不知感激的人。”这是他们最喜欢的一句话。他，感激她的付出；而她，感激他让自己愿意付出。

住在顶楼的人买了木箱和泡沫箱，在楼顶圈地养花。鸡蛋花开得肥圆丰满，辣椒木木地垂着，青色的硬币大点的西红柿偷偷藏在浓密的叶子下，黄瓜藤蔓耍赖般攀爬在钢筋、竹竿上，塑料管栽的多肉活泼生动，绿茵茵的。

我皱着眉头愤愤地对爱人说，现在的人太不讲究，怎么能公地私用？

爱人挤眉弄眼：“不要妒忌人家的坛坛罐罐了，回头咱也去公园背土、种花。”

这话太妥帖。我按住了激烈的心，开始给自家的花培土、剪枝、浇水。然后，懒洋洋地泡一杯生普，旧汗刚消，新汗又冒了出来，这普洱，是一位云南的朋友寄来的，汤色鲜亮，香味醇厚，我慢慢喝着，一直喝到口舌生津、鼻尖沁汗。

记得日本茶道的鼻祖武野绍鸥曾说过一句话:“放茶具的手，要有和爱人分离的心情。”茶道里，把这种心情叫作“残心”。

就是在行为上绵绵密密，即使简单如放茶具的动作，也要轻巧，有深沉的心思与情感，才算是个懂茶的人。

掬水月在手，弄花香满衣。生活也该如此吧，不用一点儿心思，怎么抵挡绵绵的岁月?

窗外，清风匝地，雨落纷纷。就这么坐下来，让春天的花全开，让冬日的雪落满，在每个琐碎的日常里，放任天地，也放任自己。

做人的品相

寻常处有闲情，荒凉处有风骨，清贫处有格调，一个有品相的人，活得才更像一个人。

苏轼可谓真正懂生活的人。一生坎坷，仕途几起几落，尝尽人生五味，与友人共游南山，友以蓼菜、新笋等野菜相待，他品尝后终于悟得——人间有味是清欢。

清欢，清淡的欢喜。清欢之好，是因为心灵的返璞归真，是“回首向来萧瑟处，也无风雨也无晴”的恬淡和自在，是生命回归到了最舒适的状态。

人交游、应酬，一路风尘仆仆，为尘事所累；我只高卧闲窗，半盏清茶，一卷诗书，慢斟细品，钟鼓馔玉，或宝马雕车亦不艳羡，优哉游哉过生活。只一个“闲”字，便讨了万千便宜，闲字最贵，偷得浮生半日闲，那“闲”，都是“偷”来的啊。

清闲的心，一定是雅致而有味的，如木心先生说的，在冷冷清清中过得风风火火。

木心先生在嘈杂的世界保持着内心的平静和自足。十九岁冬，他放弃了孙家大少爷的生活，挑着两大箱书上了莫干山，住在废弃的房屋。白天读书，晚上写文，常人的安定、温暖、丰富，他不要，他说:“我要凄清、孤独、单调的生活。”

为了一句诗，他拼了自己的命，遭受了牢狱之灾。别人眼里的无底深渊，他却当成自己内心世界的阔地，十八个月的囚禁，六十六张纸正背写满，足足六十五万字，他在《云雀叫了一整天》里写道:“我是一个在黑暗中大雪纷飞的人哪……”

雪愈大，心愈净，眼前无比黑暗，而他的内心却无比明亮。

年至五十岁，他再次入狱，一蹲两年。很多人想，这位老头出狱时定会衣衫褴褛、邋遢不堪。可出狱那天，人们看到的木心，面带微笑，腰板坚挺，裤缝笔直，优雅极了。梁文道看他五十多岁的照片，惊讶地说:“这哪里像是一个坐过牢的人，好奇怪，好奇怪的一个人。”

他说：岁月不饶人，我亦未曾饶过岁月。既然不能远离尘嚣，那么就坚守内心的干净，野渡无人舟自横，他就是那个出走半生，归来仍是少年的人。

世人都知梅难画。梅花是士人画，没有那股士人气，是画不出梅花的风骨的。但汪士慎笔下之梅，千花万蕊，神丰气清，墨淡趣足，有一股疏香冷气，俨然灞桥风雪中。汪士慎一生赤贫，拒绝热闹场合，喜欢清寂，欣赏空林踏叶，爱听古寺钟声，六十七岁双目失明，画梅乞米，贫寒困苦中，若非心境高洁、不入俗流，怎能作出此等画格的梅花图?

天地苦寒，清梅独开，人生不如意十之八九，还有一两分要看老天心情，虽是“自笑成孤调，难堪入世尘”，但汪先生的淡定从容、心有明月怎能不叫人赏与敬？热闹处白云清风，寂寞处亦清风透骨，无论何时都干净清朗，响当当一位精神上的贵族。

一直认为，看一个人，不仅要看他春风得意时的景象，也要看他山穷水尽时的气象。陋室读书，临窗写字，听松涛阵阵，赏檐雨连绵，一个心怀清欢的人，能面对风花雪月的浪漫，也能独对一地鸡毛的惨淡。

陷身于世网尘劳，困厄于名缰利锁，不如浮华褪尽后的一份简单、一份纯粹。愿在日常的小日子里，素手折梅，种草莳花，看山看云，看水看鸟，养一份审美，修一份情怀，等一朵心灵之花慢慢绽放。

内心有风景，尘世不荒凉。一个人最好的样子，就是活得像个人样。

此处与别处

“好雪片片，不落别处。”

漫天大雪里，禅师庞蕴指着空中的雪片感慨说。

有人问：“那落在什么地方？”

庞禅师打了那人一掌。

这是一个美丽的禅宗故事。

人说：近处无好景，风景在别处。别处，是故乡云端花间的酒，是爱人心头锁着的绣，是一个人背着行囊想要抵达的远方。

所以米兰·昆德拉在《生活在别处》里讲，当生活在别处时，那是梦，是艺术，是诗，而当别处一旦变为此处，崇高感随即便变为生活的另一面：残酷。

别处那么好，如银碗里盛雪、清水中养莲，如山青雾重的一帘细雨、一幅淡色的水墨画，但米兰·昆德拉又说：“你的此处很美，但你却浑然不知……然后，继续寻找新的别处，永不满足。”

《东邪西毒》里的洪七公总想知道“山后面是什么”，于是他不断往前走，最后发现，山后面原来没有什么特别。

没有隔绝的孤独意、盛大的清凉心，那样的别处，只能远远地站着，你看得到，却永远也到不了。

一个太计较、太功利的人，纠缠在利益欲望中，被名利声色所充斥，被蝇营狗苟所侵扰，看不见天高云淡、草肥花美。

说到底，还是妄念在作怪。这就是庞禅师打那人一巴掌的原因。

卞之琳在《断章》里写：你站在桥上看风景，看风景的人在楼上看你……对于一颗干净柔软的心来说，此处，别处，并无不同。

清朝诗人黄仲则讲："自拥书城掩关坐，不知门外有车尘。"读干净的文字，可除眼耳之尘，去心舌之垢。

"韵友来，名妓至，杯箸安，竹肉发。月色苍凉，东方将白，客方散去。吾辈纵舟，酣睡于十里荷花之中，香气拍人，清梦甚惬。"读着《西湖七月半》，不觉沉醉其中，与张岱相邀，纵情于声色、山水，大梦大醒，大彻大悟。

灯下翻帖："奉橘三百枚，霜未降，未可多得。"是王羲之写给朋友的手札，字行云流水，空旷轻灵，心也如那灯下的蚊蚋，来去自如，欢乐满怀。

一位青年人向杨绛求教解惑，杨绛说："你的问题主要在于，读书不多而想得太多。"书读得愈多，精神愈明亮，不再斤斤计较当下的一点儿小名小利、小得小失，灵魂也上升到别处，如北冥之鱼，化为鹏，扶摇直上，不论世界怎么打扰，依然如野鹤闲云，舒朗通透，自带远意。

把心安顿好，别处，就是《冈仁波齐》里风中的经幡，牦牛脖子上的铃铛，藏民手里的糌粑，和那一句"我们开始念经吧"；就是海子《面朝大海，春暖花开》里那个幸福的人，喂马、劈柴，周游世界；或是辋川那个叫王维的男子，身着白衣，站在一树的红萼下，手捻胡须，轻吟:“涧户寂无人，纷纷开且落。”

一个在职场混迹久了的女友，经过一段时间的茫然，后来在闹市开了茶楼，一边照顾生意，一边读书、写字、画画、养花，结识了一些志同道合的朋友，再见她时，她身着布衣麻裙，正在侍弄她的花花草草，脸色竟更动人，眉目也清秀。

不再色厉内荏、飞扬跋扈，成了一个彻底的低温的女子，弄她的笔墨丹青、纤纤小楷。别人或许觉着这样的日子很寂寞、很无聊，她自己却觉着这样的日子依着山、傍着水，骄傲又有趣。

别处，在她心里画一条分割线，隔开了喧嚣热闹，隔开了利益嘈嘈，不去打扰别人的清静，自己的清静，也不许谁来打扰。至于热络，至于逢迎，那样热闹的场景，怎样叫，她都不来。

繁华与寂静，美丽与苍凉，只因灵魂到过别处，此处的风光，再是热闹，看了，也似没看过。

第六辑

唯有简净，方能从容

知道自己是小人物，大富大贵、大起大落与自己毫无干系，做一些看似无用却很有意思的事儿，在敏感中触摸朴素的欢喜，在安静中寻找灵魂的香气，抵达内心世界的丰盈与饱满。如此，目之所及，皆是风景。

很独自

一直只喜欢最顶尖儿的东西，第二也不行，比如王菲。

在世俗的世界里，她活得如此特立独行。她的歌比空气还空，声音比百灵鸟还灵，里面是藏不住的高傲冷清，孤僻不屑，即便是年近不惑，也执着地追寻自己的爱情，做自己的东道主，世人眼光如何，世人谩骂又怎样，她只会像个小女子一样，灿烂地笑着。永远不妥协，永远不被左右。

她就是她，不一样的烟火。即便她还是王靖雯的时候，就全不顾别人的眼光，做光头女子，以标新立异的扮相出现在香港娱乐圈。多少年后，她依然着“眼泪妆”，在风里唱歌，轻轻摆动自己的瘦腰身，说自己想说的，做自己喜欢做的，不屈从于别人，不遵命于时代，永远活成一个抒情句。

她曾经的爱人窦唯，是黑豹乐队的主唱，清俊的长相、华丽的嗓音让窦唯红透半边天。然而，二十多年后，他全然不顾粉丝的哭天号地，秃着头，邋里邋遢，吃九块钱一碗的面，骑电动车去市场买菜，成了地铁上秃顶肥胖的中年油腻男，把自己置于世界边缘，把别人的眼光践踏在脚下。

曾经叱咤风云是他，如今又穷又老又潦倒也是他。不为盛名所累，别人眼里想要的期待，他统统不给，连装一下也不愿。他只为自己而活，你若不欣赏，那么就再见。

这个世界上，有人在别人眼光下灿烂着，却在自己的世界里卑微憋屈，萎缩得自己都不认识。有些人，宁愿在别人的眼光里走投无路，也要在自己的世界里执迷不悟。只要自己不失望，别人失望又有什么关系。

钱钟书从不做寿，在他八十岁生日时，家中电话一度被打爆，亲朋好友、机关团体纷纷要给他祝寿，他所在的中国社科院还准备为其开一个纪念会或学术讨论会，钱老一律坚辞。对这类活动，他早已有言在先："不必花些不明不白的钱，找些不三不四的人，说些不痛不痒的话。"

他一句"门外人的繁华不是我的繁华"让多少人心有戚戚。

别人在讴歌爱情时，他却直言不讳："世间哪有恋爱？压根儿是生殖冲动。"丝毫不掩饰自己的刻薄。在他的《谈艺录》里，他说王国维"笔弱词靡"；《管锥编》里说陈寅恪"不知即用首楞语，当面错过矣"；《围城》里调侃苏曼殊诗里的日本味儿浓得就像日本女人头发上的油气……他进了清华大学外文系后，很受吴宓教授看重，但他却说吴宓教授的课不怎么样，有时出言不逊，有时指东道西。

他只是不愿被世界打扰而已。不人云亦云，不随大流，他在自己的世界里随心所欲称王称霸。他不仅是文学里的大师，也是现实中仗剑天涯的独行客。

当有些同学气不过，添油加醋将钱钟书在背后毒舌老师的话说给吴宓听，吴宓反倒理解：“钱钟书的狂，并不是孔雀亮屏般的个体炫耀，只是文人骨子里的一种高尚的傲慢。”像是蝴蝶遇到了自己的花朵，吴宓是懂他的人。

芸芸众生里，独自是一种情操，一种精神的坚守，一种灵魂的亮光。

古斯塔夫·勒庞在《乌合之众》里说：“人一到群体中，智商就严重降低，为了获得认同，个体愿意抛弃是非，用智商去换取那份让人备感安全的归属感。”

马不停蹄地去赶赴一场又一场热闹与繁华，今日与这个热烈拥抱，明日与那个亲密比肩，在奉承、恭维、钻营、歌颂里把自己混得扑朔迷离抽象模糊，觥筹交错和迎来送往之后，是一落千丈的寂寥和无以复加的孤单。

这种日子，看似繁盛，实则枯槁，怎么能懂一人独酌的清冽从容？当大多数人都遵从去做一个“讨人喜欢的人”，却不是“一个被自己喜欢的人”，想一想，其实挺没意思的。

我的一位朋友，脾气暴躁，人缘不好，有着文艺青年的清高和自负，写诗二十年，不出诗集，不闻名于世，诗写到极致完美，挑剔到苛刻，自喜自悲，鲜有人赏，每见他整篓整篓的草稿，和一沓沓诗稿作品时，不由钦佩他的坚持。当一个人暗自拨动心里的珠盘、为了某个目的而去钻营奔赴时，他也就从大格局、大气象里滑落下来，他生命中的一丝丝亮色也就颓然萎落几分。从这点来说，这位朋友与世界格格不入，唯独和自己惺惺相惜，虽胡子拉碴颜值欠奉，却如驿外野花，格调要高出不少来，活出了倾城之貌。

一个人能在独处时悠然自得，必能在繁华处淡然自若，即使无人跟随，自己也会成为潮流。

王维是世间的佛，风自八方来，他一动不动，焚香独坐，扣舷明月；陶渊明是世外的士，若为自由故，万物皆可抛，写着他的归去来兮。

民国时期临水照花人，张爱玲不仅才华出众，奇装炫人眼，用床单改旗袍，用稿费换口红，拿奖学金去买衣料做衣服。她活得张扬，不像别的名媛那样，娴静文雅，她就是和别人不一样，独树一帜，但所有人里，她就是最有腔调的那一个。

一个人活在这个世界上，不可能赢得所有的人喜欢，但他们还是如这深秋里的一丛孤清的菊，在草木渐枯、寒蝉噤声、万物凋敝的节气里淡然地开着，自自然然，从从容容。

倚栏听风，檐下赏雨，一个人独守精神世界的洁癖，不给世界添堵，也不让世界给自己添堵，安然活自己的。因为，没有多余的欲望，也就没有了伏低的将就。

焚香静坐，自然过

自然，是山间的流水，林中的清风，任性地来，随意而去。

有一次，惟俨禅师带着道吾和云岩两个弟子下山，途中，禅师指着林中一棵枯木问道：“你们说，是枯萎好呢，还是茂盛好？”

道吾不假思索地回答：“当然是茂盛的好。”

惟俨禅师摇摇头道：“繁华终将消失。”

这一来，答案似乎已经明确，所以云岩随即转口说：“我看是枯萎的好。”

谁知惟俨禅师还是摇了摇头：“枯萎也终将成为过去。”

这时，正好有一位小沙弥从对面走来，禅师便以同样的问题来“考”他，小沙弥不紧不慢地答道：“枯萎的让它枯萎，茂盛的让它茂盛好了。”

惟俨禅师颔首赞许。

禅即自然，坐亦禅，行亦禅；自然即禅，天自然，地自然。

自然界万事万物，遵循本真，才成精彩，如杂草绿树，鸟雀鸣啼，花自开自败，水自清自浊，果自熟自腐。

《菜根谭》里讲：“人品做到极处，无有他异，只是本然。”就是说人要依照本心过生活，原生态的日子虽拙朴粗糙，却开怀舒心，饿了就吃，乏了就睡。春有百花秋有月，夏有凉风冬有雪，就让一切随他去，当个世间自在人。

但如今，食不甘味的人越来越多，心安理得的人越来越少；寝不安席的人越来越多，高枕无忧的人越来越少；在小问题上纠结的人越来越多，在大事情上了悟的人越来越少。越在乎，越紧张，越疲惫。

一个人若总是铆足劲儿往欲望里冲，削尖脑袋往名利里钻，拼命做给别人看，就是不放过自己，又怎么能不累呢？

憋屈，是太把自己当根葱，别扭，是太把别人当回事儿。还不如做一棵小草，逢春生绿，冬来变黄，自自然然，坦坦荡荡。不必太张扬，是花自然香，也不必太低调，想开放就开放。

欣赏这一句：如穷，要穷得像茶，苦中一缕清香；要傲，就傲得像兰，高挂一脸秋霜。做和身份相符的事，说与年龄相称的话，不踮起脚高攀，也不屈着膝低就，自己过得舒服，也不让人看着别扭。

这世上，穷人羡慕富人的钱，富人羡慕穷人的闲。不如把尘事看轻些，把人际看浅些，把得失看淡些，把成败看开些，不眼热权势，不艳羡富贵，过自己喜欢过的日子，就是最好的日子，做自己喜欢的模样，就是最好的模样。

贾平凹说，世上的事，认真不对，不认真更不对，执着不对，一切视作空也不对，平平常常，自自然然，如上山拜佛，见了佛像就磕头，磕了头，佛像还是佛像，你还是你——生活之累就该少下来了。

自然，就是持一颗平常心，忙时井然，闲时悠然，得之淡然，失之坦然，饥则食，困来眠，热取凉，寒向火，焚香静坐，看山看水，若有所思，而无所思。

一个人，无论多会伪装，迟早也要卸妆。不如以心为眼，把一切撇开。想唱了，就扯开五音不全的嗓子吼几声；想跳了，就脱掉鞋子在河里蹦跶几下。活得纯粹一些、真实一些。放下自己，才会找到自己。

做一块寂寂的石头吧！从热闹处退回来，寻一个安静角落，承风历雨，光芒敛尽，和草悱恻，与花缠绵，聆听清风的歌声，品尝阳光的香味，这样的位置，不风光，却自在。

那一抹真

从心里长出来的东西，耐读，耐品，有持久的生命力，这是“真”的魅力。

李可染在他的“师牛堂”里笔耕不辍，笔下的牛或行、或卧、或凫于水中，他把牛的形状、比例、动态掌握得恰到好处，所画的牛惟妙惟肖、栩栩如生，多一笔嫌碎，少一笔不够，极富生活情趣。这是他多年修炼艺术的结果，也与他长期深入生活、静观默察，对牛的动作习性熟稔于心不无关系。因而他说，书画作品要“用最大功力打进去，用最大勇气打出来”，没有真情实感的投入，就会出现千篇一律、大同小异的作品。

真情感人，目之所及，灵之所接。文学、书画是人灵魂深处想要说的话，通过笔墨表达出来，传递了思想感情。

齐白石的画，造型简练生动，意境浑朴稚拙。《他日相呼》里，两只毛茸茸的小鸡，在争抢一条蚯蚓，概括简当，神态生动，水墨浸润，质感逼真，稚气可爱，两只小鸡就是两个今日吵架、明日和好的孩子，也是齐白石与世无争、始终拥有一颗纯真的乡心、童心和农人之心的流露。因为付诸真心，山水人物、鱼虾虫蟹，山川草木，他会当作是有生命、有情感的人来画，有大天真和大诚恳，而那些造型、笔墨、技法恰恰显得微不足道的了。

来自生活的东西，本就自带光芒，不论哪种类型或什么题材。

“最近想吃肉，买个大猪头，佐料都配齐，下锅煮烂熟。”“山中发现老鼠，派人前去轰炸。找了半天木有，动静闹得挺大。”当代的老树，画风奇特，别人画花鸟虫鱼、树木山石，他画菜刀铲子黑铁锅、拖鞋墩布高跟鞋等生活用品，信手拈来，孤独突兀，像是一款飘着江湖味儿的老茶，风霜正厉，却味道十足。

老树画画，画的就是自己，一个逗自己玩，也逗别人玩的自己，他认为，作品要尊重自己内心，艺术应向生活致敬，而不是比画着市场去造，诸法不在手，荤素不避，才是真的自由。

常说的文学应该落地，其实也就是一个真，由心而发，心到，意行，笔落。古今中外名篇巨著，无一不是带有真我的风采，才格外动人。

诗人王维，母亲信佛三十多年，受母亲影响，他也常去寺庙静坐，体会了山居的静寂，雪景的清幽，才写下“隔窗风惊竹，开门雪满山”“晚年惟好静，万事不关心”等清凉而富有禅理的字句，诗中的真趣与况味浓厚，被称为“诗佛”。面对安史之乱，李白生出杀心，杜甫生出悲意，而王维心肠依旧，过着唯茶铛、药臼、经案、绳床可以终生的晚年，成为后世人心里一个既复杂又简单的存在。

董桥说，干净是好的，人和文都一样，要干净，像屠格涅夫，像初恋。文学语言最怕涂上一层层厚厚的脂粉，让人认不出庐山真面目。清水出芙蓉，天然去雕饰，任何斧凿雕痕都会破坏浑然天成的气象。一个作品，当内心的感情还不够饱满时，就会臣服于语言、技巧；只有内心的感情成熟了、丰沛了，才会气息顺畅，摧动语言，随心所欲、自由表达。

记得曾和周养俊先生谈散文写作，他讲，写散文最大的技巧就是摒弃技巧，最大的特点就是真实自然，想写神仙就神仙，想写粪坑就粪坑，嘻笑怒骂皆文章，哭鼻流涕也情节。就好像人在说话，说激动了，就把唾沫吐在地上，疾言厉色，或狂声大笑；说伤心了，就肝肠寸断，痛哭流涕；说累了，就坐下来，左脚撂到右脚上，呼哧带喘。想什么就写什么，想怎么写就怎么写，由心而发，以真面目示人就对了。

大师唾弃技巧，丽女素面朝天。好的写作都带有自己的标签，或清新婉约，或拙朴敦厚。是河流，就泥沙裹挟、卵石遍地，绝不会左边别个花，右边插根草，把自己打扮得花里胡哨、不伦不类。

经过岁月淘漉，浮华与脂粉都渐渐剥落，能够让人心动的，还是那一抹真。

若要快活，当先慢活

人到了一定的年纪，就愈加缠绵于身边的草木与风物。

阳台上花草勃发，我常与它们小坐。栀子叶肥厚而脆碧，从年初至今开过两朵花，一大一小，大如茶盅，小如纽扣，但不论大小，欣喜之情却没有分别；兰花也开得葳蕤，柔细的枝条娉娉婷婷从窗台垂下来，勾人无限情思，而这些是多年前不曾在意的。

《长物志》开篇云："居山水间者为上。"所以我常在周末时去山里，走一走弯曲坎坷的羊肠小道，听一听风弹松声，看一看月拨花影乱，水如白练，不断扑打到河间顽石上，有人挽起裤脚站在河里嬉戏、摸鱼，阳光下映照的脸，是青山的眉，绿水的眼。

深山四季花不谢。粉的桃花、白的梨花、黄的菊花、红的梅花，新枝生嫩芽，老枝着新花，一茬一茬任性地开着，总有叫不出名堂的花儿，个个都开给我看。夜里，我住茅草盖的房，铺竹篾制的席，搂着满天星光，不知不觉就睡到了大天亮。

山里一日，人间一年。老家有果园几亩，野花满坡，但门楣上的红漆又褪掉了颜色，黄狗也变懒了，常常匍匐在脚边，一动不动。我抱柴、添水、点火、烧锅，炊烟袅袅飘到天上，我的碗里就盛着夏天的蝉鸣、秋天的细雨、春天的百花、冬天的白雪。我以为，夏日是蝉鸣带来的，秋天是落叶带来的，而我写下的一行行诗，是心底里的美好带来的。

门前的山坡绿了又黄，黄了又枯，枯了又白，我手抚过了花的香，寂寂草木，欢喜在心。

邻居是个衣襟簪花的女子，爱她眉目间的静气和清朗。一把年纪，却一点儿也不慌张，有着纤手破新橙的自得，你看，她泡了新茶，剪了花枝，画了眉黛，施了淡妆，穿了高跟鞋，才出门见人。

门外有一家茶艺店，叫“芥子须弥”。想起一句禅偈：“须弥芥子父，芥子须弥爷。山水坦然平，敲冰来煮茶。”饮茶即是参苦，苦后回甘，茶之本义，不过“烧水点茶”，一烧一点，均不过寻常生活而已。何况，品茶，需要放下手中的活计，慢慢沏上，等茶在沸水中浮沉几次，再从滚烫变得稍凉，才入口。节奏一慢，人心上就有了几分闲，心上有了闲，俗事也就放下了一大半。而我，有点闲，也有点懒，常在茶里消磨时光，赏白的瓷，看沸的水，嗅茶的香，直至日影从东边移到西边。

红尘十丈，一草，一木，一杯茶，皆是我。我在朴素的日常里，写字，读文章，心里装着一场场清欢，写出的每个字都沾着一瓣瓣的花香。

也醉。窗外，蝉在啜吟清露，窗台是一盆盆多肉，而我躺椅上，品着甜酒。不是吟着“举杯邀明月，对影成三人”，便是诵着“两人对酌山花开，一杯一杯复一杯”。若要快活，当先慢活，日子一旦慢下来，便多了些许滋味儿。

傍晚，我在小园散步，日日走过的小路，风拂面庞，叶落在肩头，枝上鸟雀啾啾，引得我驻足窥望，这时，刚好有细风呜呜刮过，一两滴雨顺势扑到我怀里，心忽地一颤，就摇摇晃晃地飘荡了起来，似是不曾有过的得意。

前日看朴树的《十二年》，他分享了一则某人画竹的小故事。他说，某人善画竹，名满天下。可他的老师对他说，你尚未入门。问：如何得入。答：要在心里觉得你就是竹子。其人乃去，终日站在竹林中。风起，竹摇，其人亦摇。如此十年过去。一日，师往探之，见其在竹林中闭目凝神，随风摇摆。师视良久说，好了，可这还不够，你要忘掉你是竹子这件事。又三年。师复探之，曰，汝成矣。

不由会心一笑，优哉游哉，自在自然，朴树欣赏的，也是这种对待时间的态度而已。

圣人皆孩之

圣人皆孩之。

一个人的心，如果像婴孩般清澈、天真、洁白，不用智巧，表里如一，几近圣人。

丰子恺喜欢小孩，把小孩与星辰、艺术同等地位，他的漫画也多以孩子作为题材。《瞻瞻的脚踏车》里，瞻瞻把两把大芭蕉扇当成脚踏车骑着，不亦乐乎;《阿宝两只脚，凳子四只脚》里，可爱的阿宝看着自己脚上的鞋，也给桌子套上了四只小鞋。

童心的干净、新奇和单纯投射到事物上，将最简单的事物组合成了大大的惊喜、美好和快乐。

有一次，丰子恺喝了几杯酒，捉四岁的孩子华瞻来骑在膝上，同他寻开心。他随口问：

“你最喜欢什么事？”

华瞻仰起头一想，率然地回答：

“逃难。”

他倒有点奇怪：谁会喜欢“逃难”呢？就设法探问华瞻：

“你晓得逃难就是什么？”

“就是爸爸、妈妈、宝姊姊、软软……娘姨，大家坐汽车，去看大轮船。”

哦，原来华瞻眼里的“逃难”是这样的欢喜和有趣啊！

童心，纯洁无疵、天真烂漫，是最具审美和干净的赤子之心。孩子们喜欢猫犬，花草，鸟蝶，鱼虫，玩具等一切事物，他们认真地与猫犬说话，专一地和花接吻，一本正经地和人像玩耍，不管世界多么复杂，都以单纯的心去触摸、感知。

明代哲学家李贽在《童心说》中写：夫童心者，真心也。若以童心为不可，是以真心为不可也。夫童心者，绝假纯真，最初一念之本心也。若失却童心，便失却真心；失却真心，便失却真人。

看齐白石的《棕榈小鸡》，粗阔的棕榈树下，三只可爱的小鸡在觅食，小鸡们神情专注，天真烂漫，憨态可掬，羽毛以水墨圆点表现，毛茸茸的，可爱而有生活情趣。天下之至文，未有不出于童心焉者也。多少艺术家、文学家、音乐家都曾以天真诚挚的心情创作过令人喜欢的作品。没醉心于大自然的童心，怎能作出动人的文章或图画呢？

有一个试验，一位社会教育学家在纸上画了个小圆圈，拿到街上问行走的成年人是什么，有讥笑他无聊的，有不屑一顾昂首而过的，而回答他的则只有一个答案：圆圈。尔后，社会教育学家把这个小圆圈拿到幼儿园，孩子们争先恐后地发言，答案丰富多彩：不发光的太阳、缩小的呼啦圈、铁环、句号……

多么大胆而瑰丽的想象啊！遗憾的是，而今，人们天然、率真、朴拙、可贵的童心，在所谓的经历、阅历、磨砺下一点点地丢失，被移植上了精明、世故、城府和心计。人们愿意花大半天时间去参加酒会，却不愿意花几分钟时间蹲下来看蚯蚓怎样从泥土里钻出，看大雨来临前蚂蚁匆忙地搬家，看家里的猫儿狗儿嬉闹打架，看天空里蝴蝶翻飞、流萤四舞。

若年岁增长，人成熟而不世故，智慧而不复杂，才能探寻到世间更多的美。

人生，刹那而已

人终其一生，都在寻找一个落脚处，来安顿自己的灵魂。

时空旋转，总有那么一刻，天地万物都静默，唯你一人，听风行水面，观细鱼游弋，寂然之间，月白更深，心神凝聚于一瞬，内心灿然如花开，人来，或人去，有尘，或无尘，俱是无碍。

多少长路走过，才懂得，不论脚步丈量的版图多大，拓展的疆域多广，到了最后，都会回到一个点，无限时空里，活着，也只是一刹。

和尚在洗心禅寺方丈室，有一个长沙居士来问："念佛有妄想怎么办？"

和尚反问他："妄想从哪里来？"

居士答："念头中来。"

和尚又问："念头从哪里来？"

居士答："从心里来。"

和尚继续问："心在哪里？"

居士顿时不知所措。

安心，即是按住自己的念头。心定即是禅。

曾经江湖策马，而今天涯看花。人生一世，眼里盛放的东西越多，挑挑拣拣，最后留下来的最简单，却最珍贵。

越来越活得简洁。

一条老街，一道小巷，一间茶室，一幕雨帘，于喧闹处寻一静心之地，榻榻米，木几，茶盘，瓷盅，古朴的器物，时光从水汽氤氲里悄然荡去，置茶释水，投入的是沁香，拾起的是意趣。

在深秋的摇椅上读一本书，品一杯香茗，看时光渐渐流逝，生活平淡从容，安静自然。

日子就这么过着，有一天会忽然明白，时间竟越来越稀薄，烹饪、旅行、摄影……好似很多美好的事情还没有来得及做呀。

于是，开始在细雨里走过微润的街巷，望着空气中干净油亮的树叶，深吸一口清新的空气，逛一逛街边的谭木匠店铺，轻轻抚摸那精致雕花的梳柄，嗅那淡淡的檀木香味儿，轻声一叹，唉，只要深爱，那心哪，都是一场场快雪初晴。

不再咒骂天气阴冷。在雪夜里，踩过细碎的冰碴儿或是咯吱咯吱的厚厚积雪，风裹挟着雪花钻进衣领，你穿过街道去家对面的烤肉摊儿，那里灯光昏黄温暖，羊肉在架子上烤得滋滋冒油，你撸着肉，闷一口老西凤，雪花在空里舞着，你会说，神仙也不过如此。

无须闹铃叫醒，日影落到山腰时起床，然后，在阳台上伸伸懒腰，穿上干净的球鞋去跑步，回来坐在餐桌前，喝杯新鲜的牛奶，吃点简单的早餐，看木地板上斑驳变幻的光影。于午后侍弄花草、修剪枝叶，打理几株绿植，瓶瓶罐罐不随意丢弃，插一束野花或鸡鸟的彩翎，晚饭后去园里散步，在路灯下坐一坐，绿树红花，样样都是风景。

身安茅屋稳，心定菜根香。生活的滋味，开始慢品。

定而后能静，静而后能安，安而后能虑，虑而后能得。世间事，看似无常，实则有定。心定了，更自知，知道自己想要什么，能做什么，不去够够不着的东西，不去想不着边的事情。

父亲常说："人有三昏六迷七十二糊涂。"要子女对人宽容体谅。而今父亲真的是越来越糊涂了，把"猕猴桃"称"迷糊桃"，把最爱吃的"五花肉"叫"四花肉"，讲话颠三倒四、含混不清，然而，他却把名利早早抛却，把生死看得更淡了，他呀，真的是放下了。

心定下来了，也知道老之将至了。不管你承认不承认，人一上年纪，就知道认命了，人生的来处与归途，亦懂了。

"如智者见水中月，如镜中见其面像，如热时焰，如呼声响，如空中云，如水聚沫，如水上泡，如芭蕉坚，如电久住。"一切都是幻象，一切都是虚空，不如淡一些，淡了，就静了，静了，就定了。

秋风暮雨，心定而安，心安而喜。

万古长空，一朝风月，人迟迟早早，都会把心定成一块石头，在时光的漂洗中沉寂、静默，世间繁华都不见，眼里，只盛住了一条溪水，四季花开，几声虫鸣。

一碗人间烟火

我喜欢掩藏起一颗俗艳的心，悄悄沉醉于这一碗人间烟火。

在蝉嘶鸣的午后，于瓜架下踱步，看一条条嫩而细长的丝瓜从肥厚宽大的绿叶子中探出，或从谁家的阳台、窗户间垂吊了下来，偶尔还躲闪一两朵金黄色的小花。突然就扑进眼帘，内心就会欢喜地荡漾起来。轻轻扶住蔓，摘下一只丝瓜，以蒜蓉清炒，绵滑爽口，或是热油煎炸，炸得外焦里嫩、清淡香甜，立刻有了那种“吃饭端碗，闲事不管”的满足和惬意。

门外大通巷，傍晚时分最是热闹：铁板鱿鱼，潼关肉夹馍，小龙虾，蒸碗，熏肉大饼，馄饨，麻辣粉，一幅清明上河图的繁华模样。我会安静地等待一份油炸小土豆，待烤得吱吱冒油了，老板熟练地将辣椒粉、五香粉、胡椒粉洒匀，看它出了油锅，就迫不及待地用牙签扎着吃，不怕烫，张着嘴，舌头来回倒腾着，三下五除二就下了肚。

小巷还有宜人风景：男人穿背心、宽裆裤，趿人字拖，嘴里叼根烟，像火云邪神；女的却像是包租婆了，着宽松纯棉睡衣，绾着蓬松的头发，左手挎一只小手袋，右手搀着自家男人，在夜市荧光灯下淘两双袜子，回家顺手稍半个西瓜，俗语说，“夏日吃西瓜，药物不用抓”，西瓜便是最好的消暑解渴之物。

因为天气的原因，夏季的吃食有些颠倒了，早上吃得像乞丐，中午吃得像平民，到了晚上，却是胃口大开、大快朵颐，啤酒肚子也渐渐起来了。

看汪曾祺老先生的“贴秋膘”，即知道羊肉要秋天才好吃，大概要到阴历九月，羊才上膘，才肥。羊上了膘，人才可以去“贴”。

秋天最有滋味儿的就是烤肉，小竹签肉嫩而细致，烤筋肥瘦相间，尤喜肥的那处，冒着烫油沫儿，吃来口感柔滑香甜，最是过瘾。新开的“买买提烤肉”也不赖，肉串大，料足、油多，老板娘还会亲自给客人跳一支优美舒展的新疆舞，偶尔人群里也会走出一男子同跳，舞姿亦矫健有力，别有风味。听说，日本人称烤羊肉为“成吉思汗料理”，成吉思汗是蒙古人，我是觉得这烤肉没有边界，喜欢吃烤肉的人到处都是，这一定是成吉思汗料想不到的吧。

也常和朋友在巷子口露天吃烤羊腿，羊腿架在火上，自己刷油、刷调料，桌上是胡椒面、辣椒面、盐巴等调料碟儿，一边烤，一边吃，很有乐趣。但有一天，看见一只羊卧在肉架子旁边，一身漂亮的白色卷毛，犄角上绑着红布，耷拉着眼皮，很没精神，那种安静的绝望让人不敢直视，人还在磨刀霍霍。那时心里很不自在。于是每天路过，眼睛都要瞟过去看那羊，担心哪天不见了，进了我们的肚子，我还会拍手叫好。还好，它虽然精神不济，但总是天天卧在那里，直到那摊儿搬走。但自那以后，吃烤羊腿的次数是减少到零了。

天气凉下来时，最适合煲汤了。荷莲一身宝，秋藕最补人，就煲莲藕花生猪蹄汤吧。莲藕去皮，猪蹄去毛，洗净切小块，与花生一起放入汤锅内，加水，大火煮开，浮沫撇去，盖上锅盖，再小火炖一个多小时，加盐调味，莲藕的粉甜、花生的香糯、猪脚的柔滑，组成了这道女性养颜靓汤，简单省事，又营养健康。然后用白瓷碗盛，一次只盛一勺，在盛一碗又一碗里感受着生活的富裕和优渥。

先生是山东人，山东人和陕西人在吃食方面也比较相似，不排斥大米，也喜欢面食，保持着对陕西裤带面、麻食、旗花面等的好奇与欢喜，此外，他还钻研引进了一些新的菜品做法，比如酱油香油香菜根儿、酱油泡香葱、酱香蒜瓣儿等，花样百出，之前是不知香菜根儿可以吃的，没承想别有味道，让人味蕾大开。

至于烙煎饼，更是得心应手了。下班回家，先熬红豆稀饭，一人打鸡蛋、和面水、剥蒜、砸蒜，一人洗切土豆丝、葱姜丝。烙煎饼是个技术活儿，面水要抡圆，还要烙得薄厚均匀，翻的时候也不能烂，这个也得由先生来。一分钟一张，又薄又酥脆，再卷上青椒丝葱丝土豆丝，蘸着我亲手制作的蒜汁儿，味道过瘾、绝配。

印象很深的是，一次和先生去菏泽的小饭馆，他点了一道菜，叫鸡蛋蒜。鸡蛋怎么能和蒜搅在一起？乍一听这菜名，不仅有点不伦不类，还有些岂有此理。但浅尝了一口，便放不下筷子了，鸡蛋的腥味儿恰好被蒜味儿所遮盖，鸡蛋的柔、蒜的辣、油的香恰到好处地混合，不一会儿就吃了个杯盘狼藉。

“萝卜上市，医生没事”，到了冬季，一定是要吃萝卜的。从地里拔出来，抖掉泥土，清洗干净，不论是腌、炖、煲，还是炒、煮、凉拌，都是最好的菜肴。冬天，白萝卜和鲫鱼，也叫“二白”，佐以料酒、精盐、味精、胡椒粉、葱、姜熬炖，白萝卜浸在奶白色的鱼汤里，只是看着，便心旷神怡了，至于营养，当然也无须多说，要不萝卜怎能叫“小人参”呢。

近两年迷上了铁锅炖。常在大雪纷飞的天气里和朋友相邀，去东郊纺渭路吃大灶台。灶是青砖砌成，地下通着管道，油烟全部顺管道排出。锅底的料是秘制，生意很好，需提前一天订餐，肉也需要三四个小时才能炖好。点的鸡爪、排骨、牛尾一起下锅，一个小时，吃鸡爪，肉嫩，味香；两个小时吃排骨，肉烂，入味；三个小时吃牛尾，劲道，大气。有层次地吃，每层有每层不一样的味道。吃完肉，肉汤里煮菜、下面条、吃锅盔。

前来的人常啧啧称奇，这个地方方圆几里没有人烟，却出了一家饭馆，生意还如此红火，顾客络绎不绝，很多人想如法炮制，却都没有这番景象。后来才知，人家这锅底的料祖传秘制，传了三代，独门绝技，一般人又怎能破解学来呢？还是只管吃为好。

我常常在春天和先生开车到农村，从冰雪渐消到春暖花开，槐花、荠菜、白蒿、榆钱、马齿苋、车前草、灰灰菜、野蒜，每个时间段都有不同的时令菜，慢慢挖，细细品，哪个不是清香可口呢？若是在沟畔摘一抱野花，回家插瓶，立刻春风拂面，蓬荜生辉，那心里啊，就美得发痒呢。

岁月忽已老

“世人皆爱，花开正艳，唯我赏你，风卷残荷。”

当你老了，齿摇发落，还有人爱你如昔、疼你如昨，死亦无憾，亦欣然。

然而，岁月不曾饶过谁：“去年落一牙，今年落一齿。俄然落六七，落势殊未已。”身体每况愈下，虽说“黄发、齯齿、鲐背、耇、老，寿也”，寿是寿，但终究是老了，老了，模样也丑了，谁爱？

此时读王羲之《衰老帖》：“吾顷无一日佳，衰老之弊日至，夏不得有所噉，而犹有劳务，甚劣劣。”凉气弥漫，心下更凄然：人老了，身体没有一天是好的，疾病接二连三，夏天不能进食，还有劳务在身，实在是糟透了。

你看，曾为“东床快婿”、书法独步的王羲之到了老年也会疾病缠身、食不能咽，实在叫人伤感。

桓温北伐，经过金城时，看见他以前做琅琊内史时种下的柳树，现在都有十围那么粗了，不仅感慨：“木犹如此，人何以堪！”攀枝执条，泫然流泪。

这就是老年，人一老，半截黄土埋到胸前，“下次你路过，人间已无我”，活不好，死不了，疼痛自己受，把生死交给天。

人到了这把年纪，就像是盘玩了几十年的手串，岁月的厚重有了，积淀的沧桑有了，磨砺的风霜有了，阅历智慧也有了，与其长吁短叹，不如把朴素的日子过得闪闪发光。

老年不好玩，但我们可以做好玩的老年人。

作家塔莎·杜朵九十岁高龄，登梯子摘苹果、挤山羊奶、栽花种草……动作敏捷，做事轻快，她喜欢编织花环，时不时地戴在自己的头上，身穿复古长裙的她，把自己打扮得像公主一样美丽。她说："对我而言，随着年岁增长，日子过得更充实，且懂得享受生活乐趣。现在就是最好的时光。"

人老不可逆转，但雪小禅笔下那个八十多岁、红披肩、戴珍珠项链、手上印蓝色蝴蝶、抛飞吻的老年妇人也是一派天真，可爱至极。

少年绮丽，青年豪放，中年简练，老年淡远。

孙犁在他的一篇散文中写道："如果老了，我就什么也不干，发发呆，因为没有年轻时的睿智和聪明了，所以，我什么也不写了。我怕留下垃圾文字，我不让人笑话，我要优雅地老去。"

一个人在自己年老的时候，依旧能感受生命之美，保持一种优雅的姿态，这实在是一种可贵的豁达，一种对生命深沉的敬畏。

林清玄在《情深，万象皆深》里写到喝茶时讲茶有五泡，苦、甘、浓、清、淡，"诚似人生五种，年少青涩，青春芳醇，中年沉重，壮年回香，老年无味"。

老年真的无味了吗？

百灵鸟有它的晨歌，夜莺有自己的夜曲。老年味淡，但淡也有淡的滋味。

“柳花深巷午鸡声，桑叶尖新绿未成。坐睡觉来无一事，满窗晴日看蚕生。”柳絮飘零的深巷内传来午时的鸡鸣声，桑树的新芽刚刚冒出来，范成大于春日午睡后醒来，无所事事，阳光铺满窗户，他就趴在窗上看蚕的生养，安心品味生活的情趣，多好。

王维“晚年唯好静，万事不关心”。归隐山林，宽解衣带，对着松风乘凉，山月高照正好弄弦弹琴，没有了得失之患，恬淡闲适，倾听水浦深处渔歌的声音，何其洒脱坦荡。

褪去了青年的青涩，卸掉了中年的沉重，所有的光阴都由自己支配，早晨一杯清茶，读半部闲书，午后一支曲，剪几枝闲花，房前植花，屋后种瓜，颐养人生，这样平静、简朴、疏淡的生活，岂不是更具诗意？

老了，口味清淡了，尘世间的事情，放不下，也得放下了，悲也不真悲，喜也不真喜，安安静静，从从容容。

不知有汉，不论魏晋，明窗净几，粗茶淡饭，修篱种菊，岁月忽已晚，老年有真味。

无鱼，虾也好

看过一则故事。

花园草地枯黄，毫无生机，小和尚对师父说：“师父，我们撒些草籽吧，让花园美丽一些。”

师父答：“等我有空了，会去买些草籽回来的。草籽是什么时候都能撒的，不急这一时半刻。一切随时！”

中秋节，师父把草籽交给小和尚。小和尚便拿着草籽去花园播种，但是风很大，小和尚一出手，草籽就会随风飘散。小和尚连忙说：“师父呀，情况不妙，好多草籽都被风吹走了。”

师父说：“吹走的种子大多都是空的，这又有什么关系呢？即便不被吹走，也不会发芽，没有什么可担心的。一切随性！”

夜里，突然下起了滂沱大雨，小和尚无法入睡了，担心草籽会被雨水冲走。第二天，天一亮他就跑到花园，发现草籽真的都不见了。

他又急急地告诉师父：“昨天的大雨把草籽全部冲走了，怎么办啊？”

师父不慌不忙：“草籽被冲到哪里就会在哪里发芽。一切随缘！”

没过多久，果然有许多青翠的草苗破土而出，原来没有撒草籽的地方也是绿油油的一片。

“藤杖一条，提得起才放得下；禅门两扇，看不破便打不开。”

很多时候，不是生活和你过不去，而是自己执念在心，过不去，放不下，丢不开，自己害惨了自己。花开花落本有定数，万事万物自有禅法，又有什么可急的呢？

多余的钱财只能购买多余的东西，心灵的滋养，往往无须贾买。贪嗔痴、怨憎会、爱别离、求不得，人的痛苦，不是所得的太少，而是想拥有的太多，于是心不在焉，视而不见，充耳不闻，食不知味，寝而难安。

人生如饮茶，不过是拿起和放下。不因茶杯是黄金白玉而舍不得放下，也不因茶杯是纸质或粗陶而拒绝拿起。人需要的，其实只是杯中之水而已。

老舍讲：“生活是种律动，须有光有影，有左有右，有晴有雨，滋味就含在这变而不猛的曲折里。”无心自在，智者不惑。把生命中的每一个烦恼，都挽成五彩的花朵，别在衣襟。日子再忙，也能品出清欢，生活再难，也能过得欢愉。

世界上所有繁复的关系里，最重要的，其实是你和自己的关系。给心减减肥，心变瘦了，才不会去盛装太多的烦恼、欲望、不快，不再拔剑，不再痛苦，不再浮躁，卧雪赏景，听雨而眠，生活处处晴好。

“无鱼，虾也好。这溪无鱼，别溪钓。”春有百花秋有月，夏有凉风冬有雪，不必戚戚于权势，也不必汲汲于名利，不妨对烦恼三心二意，对快乐投怀送抱，做一个两三点雨山前的人儿，呆看一棵开花的树，多好。

人生天地间，忽如远行客。鲜花不因其香而常开，生命不因其短而重来，忽聚忽散、忽生忽死本为常态，不如上山拜佛，见佛磕头，饥则食，困则眠，一张琴，一壶酒，一朵云，兀立于花丛，细雨煎茶，素手弄花，诗酒趁年华，以最轻盈的舞步，最安静的姿态，跨过生命中的一切沉重和复杂。

生活，就是和自己的一番较量，装一颗简单自在的心闯荡，就是对这个世界最大的不妥协。

唯有简净，方能从容

生活里的累，一小半来源于世界，一大半来源于自己，因为总想得到额外的那一份。

为了额外的那一份，所有的尊严、高贵、原则、从容、气象，哗啦啦全部坍塌、丢失，心底里住进了巨型饕餮，胃口大开，一切都变了味儿，眼里只剩下钻营、功利、痛苦、争斗、烦恼，把自己弄得面目全非，天涯海角也寻不回来。

原本，可以活得尊贵体面，却以最低下的视角，形成了最卑微的人格，活成了最狼狈的姿态；原本，可以活得从容好看，如今，却卑躬屈膝、仰人鼻息，人格矮了半截儿，气象丢失了几分，从此，世界不再干净。

鲁国宰相公孙仪嗜鱼，有人送鱼给他，他坚决不收。有人不解，问他："你既然爱吃鱼，为什么不收送上门来的鱼呢？"公孙仪笑着说："我就是为了长久地有鱼吃，所以才不收别人送的鱼。"

"鼹鼠饮河，仅止满腹。"外物索求过多，必定以牺牲人格境界为代价。保持内心的自律自省，不因一些微不足道的小事渐渐撑大自己的胃口，维持物质生活的"低姿态"，往往是生活的最美姿态。

心无垢，尘自安。人的烦恼之处，就在于想要的太多，而舍弃得太少，唯有删除纷繁复杂，去伪存真，日子才能简净如清水肆流，简单自在。

在综艺节目《火星情报局》的一期里，大家都在谈微信给人带来的烦恼时，汪涵却自信地说自己完全没有这些烦恼。因为在场所有的人，都没有他的微信，甚至陈坤、范冰冰的微信他也都删了。

他直言，当自己朋友圈人数达到一百多时，他就会觉得很可怕，于是决定把一些没有意义的全部弄掉。

汪涵说，清理了朋友圈之后，感觉整个人生都不一样了，生活相当轻松，所有时间都是自己的，自在得一塌糊涂。

求不得，爱别离，怨憎会，你过得不好，是因为你想要的太多，不是别人对不起你，而是你自己放不过自己。

喜欢《湖心亭看雪》语言里蕴含的极简画面："湖上影子，惟长堤一痕、湖心亭一点，与余舟一芥、舟中人两三粒而已。"万物之始，大道至简，越简约的东西，越能给人带来精神上的优雅。

繁，是雕阑、高阁、红墙、金玉、锦袖、华服、壮马，是鲜衣怒马少年时、且歌且行的豪情放纵；简，是矮墙、泥屋、清水、布衣、老田、茅草、青瓦，是一人江湖岁月催、万水千山等闲过的风轻云淡。

明时陈继儒说："人有一字不识，而多诗意；一偈不参，而多禅意；一勺不濡，而多酒意；一石不晓，而多画意。淡宕故也。"

那些命好的人，多半是心思没那么缜密、心眼也没那么多的人，什么大事儿、琐事儿、烦事儿到了他们眼里都不是事儿。因为摁住了欲望，眼睛里就能遇见清秀的山水、静谧的桃源、流淌的山泉、拂面的清风。

长风浩荡，野旷人稀，不在名利的路上把自己弄得四面楚歌，也不在荣华的征途把自己搞得密不透风，割断一些非分之想，不去够够不着的月亮，不去攀攀不到芬芳，不去乞求额外的春光，给生活做做减法，舍弃应舍弃的，得到该得到的。

知道自己是小人物，大富大贵、大起大落与自己毫无干系，做一些看似无用却很有意思的事儿，在敏感中触摸朴素的欢喜，在安静中寻找灵魂的香气，抵达内心世界的丰盈与饱满。如此，目之所及，皆是风景。

明月松间照，清泉石上流。多少热闹处走过，就越来越迷恋那可亲可怀的家常与简单。锅里有饭、碗里有粥，喊时有人应、困时有榻眠，赏一朵花闻香，沏一杯茶对月，在素常的日子里，死心塌地爱一个人，老老实实过一目了然的生活。

把心安顿好，蛰伏在生活的低处，自己的世界清静了，外面的世界也就与你无关了。活得繁华，不如自己活得简明扼要，放过自己，方能从容。

凡事扰扰，不如拂去，一心讨好自己。人生，想要的全拥有，虽然幸运，得不到的都释怀，才真精彩。

饱满的人生

人在生计之外，需要消遣，打发一些闲余时光，让精神层次得到丰富和满足。

现代人的选择机会很多，运动、登山、旅游，或是追剧、打牌、交际等，调节精神压力，让心情放松、舒畅，填充空暇时间。其实，在繁忙之余，不把时间安排得无立锥之地，听听风、发发呆，或者什么都不做，把时间完全交出来，和自己素面相见，会发现天地广阔、陌上花开，可缓缓归矣。

这时，最好谁也不要来打扰，安静坐下来，慢悠悠地散步、浇花，或是看雪花从天空洋洋洒洒地飘落，听雨声渐渐从淅沥到滂沱，忽然之间，你会瞥见自己内心深处无比宁静和美好的地方，干净而苍茫，简直惊喜之至。

五色令人目盲，五音令人耳聋。独处，静思，从繁忙的外部世界回归，独与天地精神往来，接触内心深处那个私密而浩荡、最真实的自己，然后，与自己对话，完成一场精神与心理的自我修复，秘而不宣，却孤独饱满。

丰盈的生命其实不必太过勤奋，不需要马不停蹄地四处奔波操劳，关掉那扇浮躁、虚荣的窗户，在无人的岛屿上，可以和自己交战、打斗，随后相约、私奔，心灵里的垃圾和废物被过滤、清除掉了，得到了安宁和修复，寻找到了一个最恰当的状态和合适的方向。此时，连一杯咖啡都是多余的。

饱满的人生里，必定要有一段与自己独处的时光。

颜回身居陋巷，吃粗粮、喝清水，却尝到了生命的快乐，这是阅读之趣。

如果能够沉下心来，端正地坐在书桌旁读经阅典，读读那些口口相传、弦歌不辍的经典篇章，神思驰骋古今中外、游历名山大川，以知识喂养灵魂，思想的清流就有了源头。

喜欢读散文、诗歌。常读汪曾祺、周作人、林语堂、沈从文、朱自清等人的文字，平凡素常的琐事都写得如此有趣、有味儿，散发着淡淡的清香味儿。有人说，因为他们的心就是一把紫砂壶，所以倒出来的茶才散发着自然的香气。

新疆李娟，是近年来喜欢的一位年轻作家，像是文学界一股清新的泉流，文字自然、质朴、清新，字里行间的浓厚亲情和对家乡的真挚与热爱常让人欢喜、感动。

泰戈尔的《飞鸟集》、惠特曼的《草叶集》传递出来的朴素与优雅、纯真与简朴，让人深深陶醉。

赏读优秀的作品，映射出来的自然之美和精神之美可以照见人的心灵，如德国哲学家雅斯贝尔斯所说的：一棵树摇动另一棵树，一朵云推动另一朵云，一个灵魂唤醒另一个灵魂。

以笔墨为杖，让人走更远的路，领略到更美的景。而一个不读书的人，精神上萎缩、营养不良，难以扬起人生的风帆、掌握快乐的密码。

当然，读书是一份谋心的事情，没有任何功利，需心无旁骛、摒弃杂念，“一棒一条痕，一掴一掌血，看人文字，要当如此”“直要抖擞精神，如救火治病然，如撑上水船，一篙不可放缓”。事务繁杂，要静下心来保持阅读的姿态，也并不容易。

书如芳邻，时常探望，会感到头顶的天空更高了，脚下的路延伸了，人站在了高山之巅，感知到精神的愉悦、灵魂的光亮、生命的静美。

通过独处，回归到最初的赤子之心，然后以阅读来灌浆，心灵的湖水就更加丰泽宽厚了。